推しはα

CROSS NOVELS

推しはα

推しはアルファ

Oshi ha Alpha

夜光花
NOVEL Hana Yakou

みずかねりょう
ILLUST Ryou Mizukane

CROSS NOVELS

CONTENTS

推しはα《アルファ》

三

◆1　長い一日

カウンター業務は、鈴木佑真《すずきゆうま》にとってもっとも不得手とする仕事だ。

「でぇ、来月辺りにハワイに行きたいなって。安定期の今しかあちこち行けないでしょ？　二人の想い出も作りたいしぃ。ね？」

目の前に座った色白の女性が、浮かれた様子で隣に座っている黒眼鏡の男性に話しかけている。結婚一年目という新婚カップルだ。ピンク色の空気を醸《かも》し出して、ちっとも佑真に目を向けない。

「二人の想い出じゃないだろ？　もう君のお腹には僕たちの子どもがいるんだから、三人の想い出だよ、ねぇ。たくさん写真撮って、ムービー録《と》って、生まれてきた子どもにも見せてあげよう」

「やーん、たっくん、大好きぃ」

新婚カップルがいちゃいちゃしながら、ハワイのパンフレットを広げて話している。ここはワールドワイド旅行会社、池袋《いけぶくろ》西口支店だ。駅から徒歩一分の場所にある事務所で、国内、海外の旅行を扱う業務についている。事務所の一階は受付カウンターがあり、三人の職員が客の旅のサポートを承っている。

カウンターの一番端に座っていた佑真の前に現れたのは、二十代半ばといった雰囲気の新婚カップルだ。一時も離れていたくないといわんばかりに、先ほどからずっと手を繋いでしゃべっている。色白の女性のほうは妊婦らしく、マタニティ服を着ている。

（妊婦……!!　おめでとうございます！）

内心女性に拍手を送りつつ、佑真は顔を引き締めた。

「――お客様、妊娠中の海外旅行についてのリスクは、ご存じでしょうか」

きゃっきゃっとはしゃいでいる新婚カップルに、佑真は静かに切り出した。笑っていた妊婦がやっとこちらを見てくれる。

「飛行機は狭い空間です。シートベルトをすることによって圧迫感、不快感を伴いますし、ハワイに行かれるのでしたら、七時間から九時間は空の上です。その間万が一のことが起きても、自己責任となります。無事に辿り着けたとしても、身重の身体で観光するのは大変です。不慣れな場所、不慣れな言語、ストレスによる胎児への影響は測り知れません。あと仮に海外で産気づいた場合、法外な医療費がかかります。その辺りの支払いは想定ずみでしょうか？　未熟児で生まれた場合、現地の医療機関にかかりますので最悪の場合、数千万円の請求が来ることも考えられますが」

佑真はよく通る声で説明した。

それまで陽気だった新婚カップルが一気に暗くなり、悲愴な顔つきになる。

「す、数千万円……？」

どんよりとした空気が周囲にも広がったのだろう。隣の席で客の相手をしていた先輩の丸井《まるい》が、ひそかにこちらを睨んできた。

「最悪の場合を見越しての金額ですが、可能性はゼロではありません。以上を踏まえてそれでもハワイへ行きたいということであれば、私も親身になってお世話したいと思います」

佑真は新婚カップルの顔を交互に見て、笑顔で言った。佑真の笑顔とは裏腹に、妊婦は引《ひ》き攣《つ》った顔で椅子を揺らした。

「いえ……、やっぱり、やめようかな、……って」

「そ、そうだね。旅行は子どもが生まれてからで……」

黒眼鏡の旦那も乾いた笑いを浮かべ、腰を浮かす。二人は毒気を抜かれた表情で、会釈しながら去っていった。

「鈴木君……！」

次の客を呼ぼうとした佑真の肩に、節くれだった指がめり込む。恐る恐る振り向くと、背後に恐ろしい形相をした課長が立っている。課長のこめかみがぴくぴくしているのに気づき、佑真はしまったと冷や汗を流した。

「ちょっとこっちへ来なさい」

課長に顎をしゃくられ、佑真はすごすごとその後をついていった。怒られるのだろうと予想した通り、バックヤードに戻るなり「何だ、あの接客態度は！」と怒鳴られた。バックヤードには簡素なデスクが並び、書類業務に勤しんでいる社員が五名いる。衝立の向こうには給湯室があって、女子社員が興味津々でこちらを窺《うかが》っていた。

「馬鹿正直に話してどうする！　海外は危険でも国内旅行を勧めるとか、いくらでも方法はあるだろうが！　俺たちの仕事は旅行をサポートすることなんだ！　お前の一存で勝手に客の旅行計画を阻止するな！　お前は何様だ！」

　書類業務をこなしている他の社員の前で、課長に唾を飛ばしながら叱られた。九月の半ばというこの時期、今月何度目の叱責だろうと佑真は頭の隅で数えた。大手旅行会社に勤めて四年。褒められた記憶はほぼないのに、怒鳴られた記憶は数多くある。

「いいか、鈴木。俺もお前が憎くて怒鳴っているわけではないんだぞ？　そもそもお前は話す必要のないデメリットまで話しすぎなんだ。聞かれたら答えるのは当たり前だが、聞かれないことまで話す義務はないんだ！　そのための規約だろうが！　何でわざわざリスクばかり伝えるんだ。大体この前もお前、客に向かって『スリに遭いそうな方ですね』と言って、服装やバッグの持ち方にケチつけただろ！」

「はぁ。あれはケチをつけたわけではなくて、客観的事実を述べたというか……。実際、あの方イタリアで二回もスリに遭いましたし」

　細かい訂正をしておこうと、佑真はさらりと言った。近くのデスクで書類を作成していた二つ年上の新藤学《しんどうまなぶ》が、肩を震わせて笑いをこらえている。それが課長のさらなる怒りを招いた。

「だからそういう発言をするんじゃないと言ってるんだ！　お前はいつも一言どころか十言くらい多いんだよ！　馬鹿正直に何でも言っていたら、戦争だろうが！」

　近くの机をばんばん叩かれて、佑真は首をすくめて後ずさった。大きな音や怒鳴り声は好きじゃない。

「お前はもうカウンターに入らんでいい！　デスク業務につけ！」

課長に指をさされ、佑真は「はい」と頭を下げた。いきり立った様子で課長がバックヤードから出ていく。その姿が消えると、新藤がにやにやして背中を叩いてきた。

「鈴木、また課長を怒らせたな。課長、そんなキレる上司じゃないんだぞ？」

新藤は要領のいい先輩で、佑真の教育係を請け負った男だ。佑真はため息をこぼしつつ、新藤の隣の席に腰を下ろす。

「はぁ。申し訳ないです。課長、血圧上がってそうだったな……大丈夫かな」

パソコンを起ち上げつつ、佑真は肩を落とした。課長にしょっちゅう怒鳴られているが、佑真は課長が嫌いではない。真面目で責任感が強く、長年社に尽くしてきたすごい人だと理解している。悪いのは自分だ。接客業につくと、どうしても不利益な情報を言わずにはおれなくなる。

「鈴木君、またいらないこと言ったんでしょ？　ホント、接客向いてないよねー」

給湯室から笑いながらやってきた女子社員の森下《もりした》にも呆れたように言われる。

「俺もそう思います……」

佑真はうなだれて、画面にファイルを呼び出した。時間が経つにつれ、課長の怒鳴り声が重く心に圧し掛かってきた。

「いやいやでもこいつ、妙に固定ユーザー持ってるんだぜ。メリットもデメリットも全部話すから、鈴木さんにツアーパッケージしてもらいたいって客がいるの。そんでそういう客って、たいてい変人が多いのも有名」

新藤が森下に楽しげに言う。へぇーと森下に感心され、佑真は苦笑した。昔から変な人に好かれる傾向があるとは言わないでおいた。第一固定ユーザーがいても、それを上回る数で客を逃しているのだから、社員失格だ。

「はぁ……」

パソコン操作をしながら、佑真はまたため息をこぼした。気持ちを切り替えようと思うが、怒鳴られると気持ちがどんどん沈んでくる。変な話だが、怒鳴られている時は割と平気なのに、時間が経つと記憶がより鮮明になって落ち込んでくる。佑真はこれを叱責の時間差攻撃と呼んでいる。

（俺の気持ちを浮上させてくれるもの……気持ちを明るくしてくれるもの……プリーズ！）

佑真がそう願ったとき、まるでそれに応えるように事務所の扉が開いた。

「人見《ひとみ》、戻りました」

扉から上背のあるすらりとした肢体の青年が入ってくる。上品そうなネクタイを締め、スタイルの良さと長い脚が引き立つスーツを着こなしている。少しくせがある茶色い髪に、通った鼻筋、切れ長で見つめられると蕩《とろ》ける瞳、通りすがりの人がつい振り返ってしまうほど整った美形――人見蓮《れん》が出先から戻ってきた。

（うわぁああ、神様ありがとう。俺の推しが今日も美しいです！）

人見の姿を見るなり、それまで地を這っていた気分がぐーんと浮上する。これで今日もどうにか生きていける。

人見はさっそうとデスクの間を通り、他の社員に挨拶している。その視線が佑真に向けられ、にこりと笑う。

「佑真。今日、昼休憩、一緒にしよう？」

人見に声をかけられ、佑真は即座に頷いた。人見は上司への報告があるのか、自分のデスクに荷物を置くと、階段のほうへ行ってしまう。

（ああ、今日も人見はかっこいいなぁ。あの美しい顔が見られて生きる活力が湧いてくる。尊い……、神……）

去っていく後ろ姿に手を合わせていると、まだ横にいた森下が変な顔をしている。人見を拝んでいたのが気になったらしい。

「鈴木君、人見さん大好きですよね」

森下にからかわれるように言われ、佑真は素直に頷いた。

「ええ、人見は俺の理想ですから。ああいう人間に生まれてきたかったです」

照れもなく言い切ると、森下と新藤が呆れて絶句する。

そう、人見は佑真の理想だ。理想が服を着て歩いている。まず顔。一目見た瞬間から、その美しく完璧な美貌に胸をわしづかみにされた。次にスタイル。シャツ越しにも分かる均整の取れた身体つき、長い脚、筋張った腕、何もかもが最高だ。これだけ見た目が完璧なら性格が悪くても仕方ないのに、人見は人当たりがよく、さわやかな青年だ。しかも国立大学を卒業しているし、頭脳も申し分ない。

人見は一年前転職してこの旅行会社に勤めるようになった。その前は誰もが名前を知る有名なホテルで働いていた。現在二十六歳。佑真と同い年だ。

そして極めつきに、人見の第二の性別はアルファだ。

この世には第二の性というのがあって、アルファ、オメガ、ベータに分類される。優秀な資質を備えたアルファは、稀少な種で、人々の上に君臨する存在だ。

以上のことから人見は佑真にとってアイドルになった。同僚でありながら雲の上の存在、自分の推し、癒やしを与えるスターだ。

佑真は昔から美形が好きだ。テレビで見る俳優やアイドル、政治家からアナウンサーまで、理想とする美形がいる。対象が男であったり女であったりするが、今まで見たそのどれよりも人見は佑真の理想に近かった。人見が会社に入ってきた時から、他の美形はすべて凡庸《ぼんよう》と化してしまった。

とはいえ、佑真の恋愛対象は女性なので、人見に対して邪な感情は持っていない。ただ美しい顔を見て癒やされるだけ。それで満足だった。

「まぁ、言いたいこと分かるよ。俺もあれだけかっこよく生まれてきたかった。いかにもアルファって感じだよなー」

新藤が佑真に同意して頷く。

「ですよね!!」

我が意を得たりと佑真が目を輝かせる。

「憧れねー。でも鈴木君、よく人見さんといるけど引き立て役みたいになって、嫌じゃないの？」

含みを持たせた言い方で森下が聞く。

そう言われるのも無理はない。何しろ完璧な美貌の人見と違い、佑真の容姿は平凡だ。自分でいうのも何だが、すべてが普通。顔は良くも悪くもなく、中肉中背、地元の中学校、二流の高校、二流大学を経て今に至る。一度会っただけの人から顔を覚えてもらう確率十パーセントという、どこまでいってもモブキャラの自分。しかも第二の性もごまんといるベータ。平凡オブ平凡。それが佑真のスペックだ。

「むしろ俺は引き立てたいんですよ！　人見がいかにかっこいいか、全世界の人に知ってもらいたいです」

意気込んで佑真が答えると、森下が顔を引き攣らせる。

「鈴木君、ガチなの？　人見さんの信者なの？」

「信者！　言いえて妙。こいつホントそういう感じだよなー」

新藤が机を叩いて爆笑している。何故笑われるか分からない。

「でも人見さんってガード固いよねー。飲みに誘っても、ほぼ断られるしさ。忘年会とかも一次会ですぐ帰っちゃうし。花井《はない》さんが声かけても断ったってよ」

佑真は目を見開いて「えっ」と拳を握った。花井というのはカウンター業務を任されている同期の女子社員だ。目が大きくて背の低い可愛い子で、人見とくっつくなら花井以外いないと思っていた。

「花井さんなら、人見とお似合いだと思ったのに……。別の美人を探さなきゃ……」

佑真は眉根を寄せて、二人に聞こえないように呟いた。人見をアイドル化するあまり、佑真はよく妄想する。人見に似合いの綺麗《きれい》な人を見つけると、二人の恋愛模様を想像して楽しむのだ。友人からは何で自分とくっつくのを妄想しないんだと呆れられるが、相手が自分では激萎えして妄想できないのだ。美しい人見が美しい女性と寄り添っている図を想像するのが楽しい。そういう意味で花井は打ってつけの美人だったのだが、人見が興味を持てないのでは仕方ない。

「ははは。でもさぁ、――人見さん、今月いっぱいで仕事辞めるんでしょ？」

最近人気のグラビアアイドルと人見が恋に落ちる妄想でもしようかと考えていると、とんでもない発言が森下の口から飛び出してきた。

「……は？」

佑真は硬直して、森下を仰いだ。森下が目を丸くして佑真を見下ろす。

「あれ？　鈴木君、知らなかったの？　仲いいし、知ってると思ってた」

情報通の森下が、同情気味に首をかしげる。

……人見が、会社を辞める？　今月いっぱいということは、九月末まで――。

佑真の心の癒やし、推しが、消えてしまう。深い絶望の谷に突き落とされ、佑真はあやうく叫びだしそうになった。聞いていない。人見とはよく昼飯を一緒に食べているが、今までそんなそぶりは見せていない。

（こ、これから俺はどうすれば……。俺の癒やしが！）

パソコン画面を凝視したまま佑真は、魂が抜けたように脱力していた。森下と新藤が心配そうに話しかけてくる声も耳に入らず、ひたすら呆然としていた。

その後の業務は散々だった。小さなミスをたくさんするし、電話応対も覇気《はき》を欠いていた。昼休憩の時間になってテナントが入っているビルを出る際は、皆からどうしたのと聞かれるくらい暗いオーラを放っていた。

「佑真、どうしたの？　どんよりしているけど。課長に怒られたらしいね？　そのせい？」

会社から少し離れた大きな公園のベンチに座っていると、近づいてきた人見が心配そうに声をかけてきた。いつもこの公園でお昼を食べているのだが、今日は運よく、木陰のベンチが空いていた。九月半ばを過ぎたとはいえ、今日も汗ばむ陽気だ。人見もジャケットは会社に置いてきて、シャツの袖をまくっている。

「いや……。原因は別にある。しかし今は飯を食おう」

言外にお前のせいだと匂わせ、佑真は二人分の弁当を取り出した。

佑真は時間が合う時はたいてい人見と一緒に昼飯を食べている。会社の人には内緒だが、佑真は人見のお弁当も作っているのだ。他の人に知られると、あらぬ誤解をされそうなので人見には口止めしている。今日も作ってきた人見の分のお弁当を差し出すと、人見が嬉しそうに笑って受け取った。

何故佑真が人見のお弁当まで作っているかというと、人見が転職してきて二、三カ月が経った頃、公園で弁当を食べている佑真に人見が声をかけてきたのがきっかけだ。何もかもふつうを自負している佑真だが、取り柄というのはあるもので、自分でいうのも何だが料理が上手い。自炊も苦ではないので、節約のために弁当を手作りしていた。

「すごく美味しそうだね。一口ほしい」

人見と一緒に昼飯を食べるようになって、いつもコンビニで昼飯を買っている人見がねだってくるようになった。佑真は作るのも好きだが、美味しそうに食べている人の顔を見るのも好きだ。それが推しの人見なら、褒められたら天にも昇る心地になる。

「コンビニ弁当より、佑真の飯のほうが百倍美味い。時間ある時、俺の分も作ってもらえないかな」

美味しい、美味しいと何を差し出しても喜んで食べてくれて、挙げ句にそんな言葉まで頂戴した。

「喜んで！」

二つ返事で了承し、それ以来、人見と昼休憩が一緒の時は人見の分までお弁当を作ることになった。人見はお金を払おうとしたが、それは味気ないので、時々夕食をおごってもらうことで相殺している。アイドルには貢ぎたい佑真としては、人見からの礼など無用だったのだが、人見の気がすまないというのでそうしている。

「あ、今日のお弁当、明太チーズの狭み揚げ？　すごく美味しい。里芋の煮っころがしも美味しい。茄子《なす》の煮びたし、味付け最高だね」

今日も人見の分の弁当を渡すと、嬉しそうにぱくぱくと平らげてくれた。料理はからきしだという人見だが、味覚が異常に発達しているし、やけに料理名にもくわしい。

（ああ、こんな光景も今月で見納めか……）

佑真はしんみりして、冷えた白飯を噛《か》み締めた。

人見と親密になったのは弁当のこともあるが、話しかけられたきっかけが運命的なものだった。

転職してきた人見の美しさ、格好良さに見惚れた佑真だが、人見と仲良くなる気はなかった。推しは遠くから愛でたいタイプで、人見と必要以上に親しくなるのを避けていた。理由は簡単だ。美しいのは外見だけで、中身が嫌な奴だったら幻滅するからだ。アイドルもテレビやライブ会場で見るからいいのであって、近い距離にいてそのアイドルの性格の悪さや嫌な態度を見たらがっかりする。ただでさえ昨今の情報社会で悪い面が瞬く間に流れてくる時代だ。好きだったアイドルに何度裏切られたことか。だから佑真は好きなアイドルができた時は売り上げに貢献するものの、私生活に関する噂《うわさ》は極力見ないようにしている。とはいえ不倫などしてしまうと嫌でも目についてしまうのだが……。

そんな理由で人見とは距離を置くべく、遠くから見守ろうとしたのだが、一人で昼飯を食べている時に向こうからやってきてしまった。

最初は仲良くなるのに躊躇《ちゆうちよ》したが、人見に関しては嬉しい誤算があった。人見は完璧な人間だったのだ。近しくなっても崩れない人の好さ、清潔でさわやかな態度、決して人の悪口は言わないし、怒鳴ることも物に当たることもない。こんなに完璧な人がいたのかと佑真は神に感謝した。

しかも人見が佑真に声をかけてきた理由は、他にもあった。

「あのさ、俺のこと覚えてない？　小学校、一緒だったろ？　並鷹小《なみたかしよう》」

人見にそう言われて、佑真は「えーっ!!」と大声を上げてしまった。

何と、人見と佑真は同じ小学校に通っていたのだ。小学校五、六年生の時には同じクラスになったこともある。あまりに遠い記憶でぜんぜん覚えていなかったが、帰って卒業アルバムを開いたら本当に在りし日の人見がいた。

言われてみると、小学校の頃に、女の子のように可愛い男の子がいた気がする。ひそかに綺麗だなぁと見惚れていた。いやむしろ自分が美しい容姿の子をアイドル化してしまうのは、人見が始まりではないだろうか。

そんな理由ですっかり人見と打ち解け合い、昼休憩を共にする間柄になった。

「美味しかった。ごちそうさま」

佑真の作った弁当を全部平らげて、人見が手を合わせる。人見は、まだもそもそと弁当を食べている佑真を覗き込み、何か言いたそうに眼を泳がせる。

（はっ、もしかして今、退職の話を……？）

人見がそわそわし始めたのに気づき、佑真は急いで弁当をかっ込んだ。人見の性格から、同僚である佑真に退職の話をしないはずはない。仲がいい人には筋を通す男だ。それをきちんと受け止めなければと佑真は急いで咀嚼《そしゃく》した。ラストスパートをかけたおかげで白飯が咽《のど》に詰まり、あやうく吐き出すところだった。人見がお茶を飲ませてくれて助かった。

「ど、どうした？　人見」

佑真の様子を窺っている人見に、愛想笑いを浮かべて聞いた。人見はかすかに言いづらそうにうなじを掻いた。

「あのさ……今夜、ご飯どうかな？　大事な話があるんだけど」

佑真のほうを見ずに、人見が言う。

（大事な話ときましたかーっ）

佑真はぐっと涙をこらえて、膝の上に乗せた手を握った。今夜、夕食の席で退職する話を切り出すつもりなのだろう。仁義を通す男と知ってはいたが、そこまで気を遣ってくれるなんて……。もしかしたら佑真がショックを受けるんじゃないかと案じているのだろうか？

「ああ。いいよ。カウンター業務外されたから定時で終わりそうだし」

佑真は懸命に笑顔を作り、なるべく明るく聞こえるような声を出した。ほっとしたように人見がこちらを振り返る。気のせいか、少し顔が赤い。

「よかった。店の予約しておいたから。イタリアンだけど、よかった？ 佑真、好きでしょう？」

「うん。ありがとう」

退職の話なら飲み屋でいいのにと思いつつ、佑真は頷いた。人見は安心したように微笑んだ。この笑顔も見納めかと悲しくなる。

（いかん。好きなアイドルグループが解散した時と同じ心境になっている。すべてを目に焼きつけておこうとしてしまう）

ぶるぶると首を振り、佑真は二人分の空の弁当箱をバッグにしまった。そろそろ会社に戻らなければ。

今夜、人見から退職の話を聞いたら、笑顔でがんばれよと言おう。そう固く念じ、佑真は人見と歩きだした。

平日の木曜日というのもあって、来客者はそれほど多くなく、佑真の代わりにカウンター業務へ入った佐藤《さとう》から嫌味を言われることもなかった。事務仕事は何度もチェックをすることでミスを回避し、一日の仕事が終わった。

人見が退職をするという話を聞いてから、佑真も身の振り方について考えるようになった。旅行が好きというだけで選んだ会社だが、明らかに自分に向いていない。接客業は嫌いではないのだが、嘘《うそ》がつけない性格で会社に不利益な情報も垂れ流してしまう。もっと違う職種に転職するべきかもしれない。このままでは出世も望めないし、何より働いていて楽しくない。

(でも俺に何ができるのかなぁ。いっそ料理の道に進むべきかな)

調理師免許を取るには飲食店で二年以上働かなければならない。調理師試験にも合格しなければならないが、本格的に目指すなら今のうちに転職したほうがいい。料理は独学でやってきたので、調理師養成施設に通って一から学び直すというのもありだ。とはいえ一人暮らしをしている身なので、学校に通うのは現実的ではない。

(推しもいなくなるし、俺も辞めようかなぁ)

うだうだと悩みつつ、帰り支度をしてタイムカードを記録する。腕時計を見ると六時半だ。会社の裏口で人見を待っていると、ややあって人見がスーツ姿で現れた。

（ああ、このスーツ姿も見納め……）

さっそうとやってくる人見にまた目が潤み、いかんいかんと首を振った。

「お待たせ。行こうか」

長い脚に見惚れていた佑真にはにかんだ笑みを見せ、人見が駅に向かう。近くの店かと思ったが、銀座《ぎんざ》にある店だという。よほど気に入った店なのだろうかと不思議に思ったものの、人見についていった。

どこか緊張した様子の人見に連れられて店に着いた佑真は、思わずぽかんと口を開けてしまった。人見が予約した店は、ミシュラン一つ星の一流人気店だったのだ。予約も三カ月待ちという佑真でさえ知っている店だ。

「ど、どうしたんだ？　こんな高そうな店……」

身のこなしの完璧なウエイターに席へ案内され、佑真は小声で人見に話しかけた。こんな高そうな店に来るなら、もう少しいいスーツを着てくるんだった。靴も磨いていないし、ネクタイも安物だ。メニューを開いたら、いくらおごりとはいえ、恐縮するほどゼロの数が違う。

（まさか、これ送別会？　いや、ふつう送別会なら俺が払う側だよな……？）

向かいの席にいる人見の真意が読めず、佑真は落ち着かない気分になった。

「気にしないで。ほら、何頼む？　よく分からないならコースでいい？」

人見はメニューも開かずに佑真の顔ばかり見ている。自分で頼むには勇気のいる値段だったので、人見にお任せすることにした。人見は値の張るコースを頼み、シャンパンをグラスで二つ頼んでいる。

「あれ？　お前、飲めなかったんじゃ？」

　ウエイターが目の前で二人分のシャンパンを注いでくれるのを見ながら、佑真は困惑した。人見は下戸で有名で、課長や部長が参加する飲み会でも一人ウーロン茶を飲んでいるのだ。

「ああ。うん、実は飲めるんだけど、俺、酒癖が悪くて。でも一杯なら大丈夫。素面じゃちょっと話しづらいから」

　人見は流麗な眉を顰めて、苦笑する。

「え、知らなかった。酒癖悪いんだ？　どんなふうに？」

　興味をそそられて佑真が聞くと、人見は周囲を憚りながら顔を近づけてくる。

「酔うと、キス魔になるんだ。手当たり次第、キスしていく」

　困った表情で告白され、佑真はつい笑ってしまった。人見のようなイケメンにキスされたら、その場にいた人々は喜ぶだろう。

「実はね、転職した頃、部長に取引先の接待に参加するよう言われたことがあって。気乗りしなかったけど、仕事だから従ったんだ。部長と課長も出席していた接待先でね、飲めないって言ったのにガンガン注がれて。酔った俺は、その場にいた全員にキスしまくったらしい」

　額を押さえながら人見に明かされ、佑真は飲んでいたシャンパンを噴き出しそうになった。

「課長と部長にも⁉」

「ああ……。取引先の社長にも……。しかも『全員、不味い』と文句を言ったとか……。それ以来、酒の席じゃ課長が飲まなくていいと言ってくれて」

当時の状況を思い出すとつらいのか、人見は沈痛な面持ちだ。想像したら我慢できなくなり、肩を震わせた。飲み屋なら大笑いできるが、この高級店では大声を出せなくて、苦しい。確かに去年の忘年会の時、今までは飲め飲めと勧めてきた課長が「無理強いするな」と意見を変えていた。コンプライアンスのしっかりした会社だと思っていたのだが……。

「よかった。佑真、元気出てきた？」

どうにか笑いを鎮めていると、人見が安堵したように微笑んでいる。もしかしてずっと自分の元気がないのを気にしていたのだろうか。何て優しい男だろう。

「乾杯しよう」

佑真はグラスを近づけ、人見と微笑み合った。グラスが触れ合い、人見の綺麗な顔立ちがシャンパンの泡越しに見える。人見が選んだ道を暗い顔で送るのはやめようと心に誓った。推しの幸せを祈る。それこそファンの鑑ではないか。

運ばれてきた前菜に舌鼓を打ちながら、佑真はそう自分に言い聞かせていた。

ミシュラン一つ星は伊達ではなく、運ばれてきた料理はすべて独創的で美しく、そして最高の味つけだった。特に黒トリュフの入ったチーズリゾットが上品で深い味わいで、お代わりと言いたくなるほど美味かった。

デザートの二種のケーキにアイスと果物が芸術的に散りばめられた様は、つい写真を撮ってしまうほど凝った作りだった。林檎《りんご》のこんな切り方もあるのかと大いに参考になる。

「ところで……もしかして他の人から聞いたかもしれないけど、俺、今月いっぱいで会社を辞めるんだ」

デザート用のコーヒーが運ばれてきた時、人見が肝心の話をし始めた。

「そうなんだってな。ついさっき聞いてびっくりしたよ」

無理に笑顔を作って、佑真は明るく返した。

「辞めて、どこか行くのか？　聞いちゃ駄目なら聞かないけど」

人見にしつこく思われないように、ふだんより少し高い声で尋ねた。いっそ芸能界にスカウトされたとか言いだしてくれないだろうか。そうしたら全力で応援するのに。

「うん……そもそも一年前に実家に戻るよう言われてたんだ。でも今の会社で佑真を見つけてしまって、親にもう一年だけと無理を言ってこっちにいた」

人見の声が低くなって、急に空気が硬くなった。人見は張りつめた空気を漂わせて、佑真を見つめる。

「え？　俺？」

何故ここに自分の名前が出てくるか分からなくて、困惑した。今の会社で自分を見つけた？　どういう意味だろう？

「あ、その前に実家の仕事なんだけど、俺の家、旅館業を営んでいるんだ」

人見がかすかに頬を赤くして、言う。

「えっ、知らなかった！　お前んち、旅館やってたのか！　ああ、だからホテルで働いてたのか。それで実家の仕事を継ぐってわけだな」

腑に落ちない点はあったが、佑真は納得してアイスをスプーンですくった。人見の実家が旅館をしていたなんて知らなかった。跡継ぎというわけか。これならひょっとして、仕事を辞めても会う機会が作れるかもしれない。人見の経営している旅館に泊まりに行けばいいのだから。

「すごいなぁ。どこにあるんだ？　ぜひ遊びに行きたい。っていうか、会社と提携していたとか？　これまで聞いたことないけど」

急に希望が湧いてきて、佑真は意気込んだ。推しのやっている旅館、最高じゃないか。たくさん泊まりに行きたいし、周囲の人にも勧めまくる。

「あ、うん……提携はしていない。ちょっと特殊な客だけを扱う旅館だから」

人見の顔がますます赤くなってきて、視線が泳ぎ始める。まだシャンパングラスは半分しか減っていないが、酔ってしまったのだろうか？

「佑真」

テーブルの隅に落ちていた人見の視線が佑真に戻り、何かを決意したように身を乗り出す。

「この一年君を見てきたけど、やっぱり君はすごく光って見える」

真剣な表情で人見に言われ、佑真は面食らってシャインマスカットを咀嚼した。

「そんなこと言われたの初めてだ。光ってるのは人見だろ。もうキラキラしてるよ」

話の方向性が見当もつかず、佑真は笑いながらコーヒーを口にした。イケメンに見つめられると、ドキドキするものだ。

「いや、佑真ほど光ってる人を見たことがない。実家に戻ろうとして、切符を買おうと今の旅行会社に寄った時、俺は運命を感じた。ちょうどカウンターに佑真がいて、俺のために飛行機の席を確保してくれて……。高知《こうち》、いいところですよねって話しかけてくれたの、今でもよく覚えている」

人見は過去のエピソードを語る。それは、イケメンの客が来たから、長く眺めていたくて雑談を振っただけのことなのだが……。

「佑真は一度行ってみたいってはにかんで笑って、俺は佑真があまりにキラキラしてるんで、ろくに返事ができなくて。しかも俺、その場で急にキャンセルしたのに、佑真は嫌な顔一つせず、またお待ちしてますねって。キャンセルしたのは佑真に会って、実家に帰るのをやめようと決意したからなんだけど、あの時は本当に迷惑な客で申し訳なかった」

人見の語る自分像は優しさの権化みたいだが、自分にとって社の利益よりもイケメンを眺められる至福が上回っていただけの話だ。

「あー……つまり、……だから」

急に人見が口ごもり、ポケットに手を入れた。次に出てきた時には、その手のひらにリングケースが乗っていた。

「佑真。――俺と結婚してほしい」

真面目な口調で人見が言い、佑真は飲んでいたコーヒーを噴き出してしまった。ハッとしたように人見が額を擦り、「ごめん、間違えた」と謝る。

「びびびっくりしたぁ！　そ、そうだよな、間違い……」

いきなり結婚してほしいなんて、人見が言うわけが……。

「結婚を前提におつき合いしてほしい」

人見が言い直し、リングケースを差し出してくる。佑真は驚きのあまり、口からだらだらとコーヒーをこぼした。訳が分からない。人見がおかしくなった。ウエイターが近寄ってくる気配を感じて、佑真は急いでナプキンで口元を拭った。落ち着こう。こんな一流店で騒いだら、追い出される。

「あ、はは、冗談か？　ジョークだろ？　これも中身は空で……」

てっきり質の悪いジョークだと思い、佑真は差し出されたリングケースを開けた。マジで指輪が入っている。しかもきらめくダイヤが。

「佑真、俺マジだから。そもそも俺、こっちに来たのはお嫁さん探してたからだし。返事は今すぐじゃなくていいけど、俺が会社にいる間にしてくれたら嬉しい。オーケーなら一緒に実家に行ってくれないかな」

佑真の手にリングケースを握らせ、人見が口早に告げる。

第二の性がある現代では、男同士の婚姻も認められている。人見が冗談を言っているわけではないのは分かった。今夜話したいことがあるというのが、会社を辞める件ではなく、プロポーズだったことも。

——だが。

「ありえないだろ‼」

無性に怒りが湧いて、佑真はテーブルを叩いた。周囲の視線がこちらに注がれるが、黙っていられない。

「お前みたいな国宝級のイケメンが、俺みたいなモブキャラにプロポーズなんて！　お前、頭がどうかしたんじゃないのか⁉　もっと可愛い子も綺麗な子も美人な子もいるだろう⁉　俺なんてなぁ、マンガだったら作家じゃなくてアシスタントが描くような位置にいるキャラだぞ！　そんな俺がお前みたいな完璧な美を誇る男と釣り合うわけないだろ！　そもそも男相手だとしても相手はオメガだろ！　こんな何もかも平均値を叩き出す平凡キングのベータじゃおかしいだろ！」

人見の間違いを正すため、ついまくしたててしまった。

「ごめん、ちょっと何を言っているのかよく分からない。モブキャラ……って何？」

人見は佑真の言いたいことの半分も理解できないようで、呆気に取られている。

「ともかく！　俺が相手なんてありえない！　第一俺はお前を遠くから愛でたいんだっ。自分相手になったら、萌えと激萎えが表裏一体するだろう！　人見、考え直してくれ、お前の完璧な美は後世にも残さなきゃならないんだ。その類いまれなDNAをここで終わらせる気か⁉」

息を荒らげて言い切ると、周囲の客の視線に気づいて佑真はじろりと睨んだ。近くのテーブルのカップルが急いであらぬ方角を向く。

「佑真は俺が嫌い？」

人見は佑真の言い分を無視して、じっと目を見つめてくる。こんな時でも男前だと、胸が高鳴る。

「宇宙で一番好きです！」

　正直に言うと、人見が赤くなって頭を抱える。

「じゃあうんって言ってくれればいいじゃない。佑真が何を言っているか理解するの難しいよ。君ほど俺の外見を褒め称える人って会ったことない。俺は君が好きで結婚したい。君も俺が好きなら、それでハッピーエンドじゃないの？」

「それこそアンハッピーエンドだろ！　俺が推しを汚してしまうなんて……っ、誰よりもお前の幸せを願う俺がお前の息の根を止めてしまうなんて……っ、許されざる所業だよ！」

　涙ぐんで力説すると、人見がますます困惑して天を仰ぐ。

「——ともかく、俺は君を連れて実家に戻りたい。佑真、よく考えてから答えて。今すぐ返事はいらない。今は絶対に返事しないで！　口閉じて！」

　断ろうとした気配を察したのか、人見が遮《さえぎ》るように言い募る。自分と人見が結婚など、天地が許しても人である自分が許せないのに。駄目と言われると無理には答えられない。

　一体、今日はどういう日なのだろう。

　推しが会社を辞めると聞いてどん底に落ちた気分が、まさかのプロポーズで場外ホームランになった。人見の気持ちが謎すぎてついていけない。よりによって何で自分を選んだ。

　食後のデザートの味は、ぜんぜん分からなくなった。困惑という名の列車に乗せられて、このまま宇宙の果てまで行ってしまいそうだった。

◆2　プレゼンテーション

一夜明けてみると昨夜のプロポーズは壮大なジョークにしか思えなかったのだが、佑真の手元にはしっかり指輪が残されていた。家に帰って試しに薬指にはめてみたらサイズがぴったりで、いつの間に指のサイズなんて計ったのだろうと恐れおののいた。

人見のプロポーズは青天《せいてん》の霹靂《へきれき》以外の何物でもなく、佑真はしばらく思考が追いつかなかった。人見とは同僚として仲良くしてもらっていると思っていたが、相手がそれ以上の感情を持っているなど考えたこともなかったのだ。だがこれまでの関係を振り返って、佑真にも悪い点があったのに気づいた。

毎日のようにお弁当を作っていたことだ。

(俺は……俺はもしかして、奴の胃袋を摑んでしまったのか⁉)

結婚したい相手の胃袋を摑むといいとどこかの雑誌に載っていた気がする。男同士だし、人見の喜ぶ顔が見たくてほいほい作ってしまった自分にも誤解させた原因がある。人見が自分を好いてくれていたのは嬉しいが、結婚なんて無理だ。人見のような国宝級のイケメンはそれなりの美女と結婚するのが世の習わしだろう。第一自分は美形を好きだが、性的な欲求は女性相手にしか持てない。

（ちゃんと断らなきゃ……。人見が傷つかないよう、誠心誠意心を込めて）

いつものように人見の分まで弁当を作りそうになったが、今日はやめておいた。これ以上誤解させてはいけない。人見の幸せのためにも。

鞄の中に指輪をしまい、佑真は今日こそ人見に断ろうと固く決意して会社に向かった。

ところが断る気配を察したのか、なかなか人見が捕まらない。営業なので会社にいる時間が少ないのは確かだが、それにしても声をかけようとするとすぐ消えてしまう。

（困ったなぁ……）

プロポーズから一週間が過ぎ、人見が会社にいる時間も残り少なくなっていく。森下から送別会の出席を聞かれ、行くと答えたものの、人見とこじれたままお別れしてしまうのはつらかった。それにまだ人見の実家の旅館がどこにあるか聞いていない。

時間が過ぎると、だんだんプロポーズされたのは夢だったのではないかという気にすらなって、自分の気持ちもあやふやになってきた。この一週間、ぜんぜん人見としゃべれず、美しい顔も拝めなくて心が渇《かわ》いている。

「あーっ、癒やし、癒やしが欲しいっ」

家に帰ってパソコンに入っている美形ホルダーを開いて眺めてみても、身近で生きて動く本物の美形である人見の威力には敵わない。虚しい思いで日曜の昼間、自宅のアパートでゲームをしていると、チャイムが鳴った。

「はいはい、……人見っ⁉」

インターホンの画面を覗くと、そこに癒やしが立っている。少し緊張した面持ちだ。襟元の大きく開いたえんじ色のニット、長い脚が際立つ黒いスリムなズボンを穿《は》いた格好だ。人見は私服もイケている。

「ど、どうしたんだ？　よく俺の家が分かったな」

驚きつつドアを開けると、人見がホッとしたような顔で紙袋を差し出す。

「前に近くを通った時、教えてくれただろ。これ、手土産」

渡された紙袋には、佑真の好きな老舗和菓子店のどら焼きが入っている。どうもと受け取った佑真の顔をじっと見つめ、人見が真剣な面持ちで迫ってきた。

「あのね、この前のプレゼン失敗したから、もう一度話を聞いて。佑真に好かれてると思って、自惚れてた俺が馬鹿だった。反省している。お酒飲んでいたせいか、言いたいことの半分くらいすっぽ抜けちゃって」

人見にすごい意気込みで言われ、佑真はたじたじと後ろに退いた。プレゼンとはプロポーズの一件のことだろうか？　かつてないほど強い意志を人見から感じる。こうしてみると本当に男前だ。きらめく瞳に吸い込まれそうではないか。

「あ、まぁ……。じゃ、上がる？　狭いけど」

ここで追い払うのはもったいなかったので、佑真は咳払いして中へ通した。人見の顔が輝いて、お邪魔しますと靴を脱ぐ。

佑真の家は六畳二間のアパートだ。豊島《としま》区の飲み屋街の近くにあり、会社から徒歩十分の距離だ。

今の会社で働き始めて一年くらいで実家を出て、このアパートで暮らし始めた。実家には大学生の妹と両親が暮らしている。

「コーヒー淹れるね」

ドリップ式のコーヒーを淹れ、小さいテーブルに運んだ。人見の好みはブラックなのだ。人見は初めて入る佑真の部屋を興味津々で見ている。部屋の中は本棚とテレビ、ゲーム機くらいしかない。押し入れの中に布団一式と、箪笥《たんす》が入っているのだ。

「きちんとしてる」

人見が嬉しそうに言う。佑真は整理整頓が好きで、部屋はいつも綺麗にしている。安アパートだが、男の一人暮らしにしてはちゃんとしていると家族からも感心されている。美形好きなのでアイドルにはまっている時期はアイドルグッズであふれるが、アイドルに幻滅すると持っているグッズは全部処分するので、物は増えていかない。今は人見に夢中だったので、グッズがない状態だ。一度だけ部長に人見のカレンダーとか作りませんかと言ってみたことはあるが、冗談だと思われて終わってしまった。

「ここのどら焼き、安定の美味さなんだよな」

小さなテーブルに二人分のコーヒーを置いて、もらったどら焼きを口にすると、何となく嬉しい気持ちになってきた。自分のアパートにこんなイケメンが訪れる日がこようとは。後で写真を撮らせてもらいたい。

「佑真は俺の顔が好きなんだよね?」

美形を眺め、甘いものを口にするという至福の時を過ごしていると、人見が斬り込んできた。思わずどら焼きを咽に詰まらせるところだった。

「あ、うん」

今さら隠しても仕方ないので、佑真は素直に頷いた。会社の人間にもばれているくらいだから、人見にも伝わっていたのだろう。

「お前ほど完璧な美形はいないよ。顔だけじゃなくて性格もいいし、頭もいいし、気遣いもできるし、髪がちょっと巻き毛なのもいいよな、それに肘から手にかけての筋張った感じがまた……」

久しぶりにじっくり人見を観察できて、うっとりしながら答える。

「あ、もういいよ、その辺で」

いくらでも褒めるところが出てくるのだが、赤くなった人見に止められた。

「佑真、結婚したら、その好きな顔を一生眺めていられるんだよ？」

人見がテーブルに身を乗り出して言う。

「え……」

佑真はどきりとして、二つ目のどら焼きに伸ばした手を止めた。

一生……？　この美しい顔を……？

「しかも、ふだん人には見せない顔も、佑真だけは見られるんだよ？　言っとくけど、俺、会社を辞めたら、たぶんもう二度と佑真には会えずに人生を終えることになると思う。俺の実家の旅館は一般客が宿泊できないし、うち高知の山奥だから、気軽に東京《とうきょう》には来られない」

「ええ……っ⁉」

急に悲しくなって、佑真は胸を押さえた。そんな、ＶＩＰ御用達の旅館だったなんて。

「もし佑真が一緒に来てくれるなら、仕事を辞めさせることになってしまう。その件については、すごく申し訳ないと思っている。佑真が今の仕事を好きなら止められないけど、できれば一緒に旅館業を手伝ってほしい。前に調理師免許を取りたいと言っていたことがあっただろ？　実家の旅館の厨房で二年働けば、条件はクリアできるんじゃないかな」

「……」

思わぬところを突かれて、佑真は考え込んだ。推しのいなくなった会社を辞めようかと思った矢先に、願ってもない申し出。調理師免許を取るために、人見の実家にお世話になろうか。ついそんな気持ちに傾いてしまい、ぶるぶると首を振る。

「それはすごく魅力的だけど、俺は……やっぱり男相手に恋愛は無理だと思う。人見で妄想する時は、いつも相手を女性にしているし」

自分の性癖をつまびらかにするのは恥ずかしかったが、避けて通れない点なので仕方なく告白した。人見は少なからずショックを受けた様子で「ちなみに俺と、誰？」と恐る恐る聞いてきた。

「最近はもっぱら花井さんかな」

「あの腹黒い子と⁉」

人見が恐ろしげに顔を背ける。花井が腹黒いなんて知らなかった。何かあったのだろうか？

「あと人気アイドルのゆりりんとか、女優の澄香《すみか》ってパターンもある」

「そうなんだ……。ごめん、興味ないから知らない」

人見はあまり芸能人が好きではないようだ。アイドルのゆりりんはよく買う雑誌にグラビアページが載っていて、人見に似合う可愛い子だと思って活用している。女優の澄香は演技も上手く清純派でいい妄想が浮かぶのだ。嬉々として二人が載っている雑誌を広げてみたが、ふーんと気のない返事しか戻ってこなかった。

「佑真。とりあえず、試してみちゃ駄目かな」

意を決したように人見に言われ、佑真は目を丸くした。

「試す……？」

「俺と、特別な触れ合いができるかどうか。試しにキスしてみない？　キスができるなら、それ以上も可能かもしれないだろ？　キモイと思ったら諦めるから」

飲んでいたコーヒーを置いて、人見がテーブルを回り込んで、膝を詰めてくる。いきなりの提案に佑真はたじろいで、壁に背中をくっつけた。

「えーっ、俺と？　お前を汚すようで気が引ける……」

まさか迫られると思っていなかったので、動揺して声がひっくり返った。じりじりと迫ってきた人見に壁へと追いやられ、無意識のうちに顔が熱くなった。本気でキスするつもりか。飲みの席で冗談で男同士がキスするのは見たことがあるが、佑真は女性としかキスの経験はない。

「調子狂うから、佑真黙って。とりあえず、一回してみようよ。嫌だったら、殴っていいから」

目の前に美しい顔が迫ってきて、佑真は視線をきょろきょろさせてシャツの袖口で口元をごしごし擦った。キスする予定なんてなかったから、匂いが気になる。

「佑真、するよ」

人見の手が肩に触れて、吐息が近づいてくる。

(うっ、こんな近くでも美しい!)

アップで見ても完璧なイケメンだと見惚れているうちに、唇に柔らかい感触がした。かすかに赤らんだ頬を見せて、人見がそっと顔を離す。

「絶対目は閉じないの?」

人見が困ったように呟く。

「もったいなくて……。すごいよ、人見。こんな間近でも耐えうる美形だ。俯瞰《ふかん》して見たかった。斜め四十五度と横から眺めたかった」

素直にそう言うと、人見が脱力して顔を手で覆う。

「とりあえず……気持ち悪くなかったんだよね?」

確認するように聞かれ、こくりと頷く。

「スマホで撮りたかったなぁ……。お前のキスシーンなんて、激レアだもんなぁ。俺が映らないように撮れば、萌えられるかも……」

残念そうに言うと、人見が手を握ってくる。人見の手が汗を掻いているのに気づき、内心動揺した。佑真と違い、人見は今のキスに興奮している。当たり前といえば当たり前だ。人見は自分を好きだと言っているのだから、好きな子とキスしたら——。

「スマホで撮っていいから、もう一回させて？　ムービーで録っていいから」

怒ったような照れたような、何ともいえない複雑な表情で人見が言う。

「え、ほ、本当に？」

何かボタンを掛け違えたような気はしていたが、ムービーで録っていいという魅力的な誘いに抗えなかった。保存しておけばいつでも見返すことが可能なんて、夢のようだ。

「マジで録るよ？　もちろん悪用とかはしないし、自分で楽しむだけだから」

人見の気が変わらないうちにと、佑真はスマホをテーブルにセットした。人見の顔が映るように、自分の斜め後ろから録るよう設置した。妙にドキドキしてきた。人見のキスシーンが録れるなんて、最高だ。これから妄想する時には、よりリアルな映像を思い浮かべることができる。

「よし、いいぞ」

スマホのムービーを押すと、佑真は所定の位置に腰を下ろした。すると人見の手が頬にかかり、少し強引に唇が重ねられる。

（わっ）

先ほどの触れるだけのキスと違い、唇が深く重なってきて、佑真はどきりとした。人見の手がうなじにかかり、逃がさないようにして重ねた唇を舌でなぞられる。反射的に薄く唇を開けてしまい、人見の舌が口内に潜り込んできた。

（えっ、えっ、そ、そんなディープなキスを？？？）

音を立てて唇を吸われ、びっくりして目を閉じた。人見は舌で歯列や上顎を撫《な》で、貪るような口

づけを繰り返す。

「やっぱり……佑真の唇、美味しい……」

夢中になって佑真の唇を吸いながら、人見が囁《ささや》く。てっきり軽いキスだと思っていたので、佑真はパニックになりつつ人見のキスを受け入れた。舌と舌が絡み合い、耳朶のふっくらした部分を指で弄られながら、密着される。

（や、やらしー……っ、人見のキスって……っ、すごい慣れてる感じだしっ）

口内を舌で弄られ、鼓動が跳ね上がる。頭がぼうっとして、ふわふわしてきた。味わうように唇を舐められ、吸われ、軽く歯で噛まれる。大学時代に女性とつき合っていた時も、こんなに長いキスはしたことがない。いつ終わるんだろうと思うくらい、ずーっと口内を探られている。息が乱れるし、唾液がこぼれて恥ずかしい。それを人見が舐めるのも、また頭が沸騰する。

「は……っ、ひ……っ」

もうやめてほしくて人見の胸を押すが、何故か手に力が入らない。入らないどころか震えてしまって、目尻から涙が滲んできた。濡れた音がずっと耳に響いて、時々背中を寒気が過る。

「あ……」

自分が目を閉じていたことに気づき、ぼうっとした表情で目を開けると、目の前に頬を上気させた人見がいた。その瞳に情欲の色が浮かんでいるのに気づき、カーッと頭に血が上った。人見のこんな表情は初めて見た。確かにこれは、性的な行為をする相手しか見られない顔だ。

「佑真……」

濡れた声で名前を呼ばれ、佑真は真っ赤になって、口を手で覆った。まずい。信じられないことに、半勃ちしている。深いキスをされて、下半身が熱くなった。

「気持ち悪く……なかった？」

口元を手で拭うと、人見に顔を覗き込まれる。急いで背中を向け、まだ録画していたスマホを消した。気持ち悪くなかったどころか、興奮してしまった。イケメン相手だと、男でも興奮できるのだと初めて知った。新しい性の扉を開けてしまったようだ。

「う、うん……」

人見の顔を見るのが無性に恥ずかしくなり、座布団で顔を隠した。

「ごめん。ちょっとどういう顔していいか分からない。離れてくれる？」

座布団に顔を埋めながら、佑真はくぐもった声を出した。人見が元の位置に戻ってくれて、そろそろと座布団から顔を剝がす。何だろう。耳まで熱い。きっと自分は今、茹《ゆ》で蛸《だこ》のような顔をしているのだろう。ふっとスマホを見ると、自分の面白みのない顔が映っていて、一気に現実に戻された。

「俺がもっと美しく生まれていれば……っ」

熱烈なキスで高揚した心が、奈落に突き落とされる。悲愴な顔つきでテーブルに突っ伏してしまった佑真に、人見がぎょっとする。

「人見、お前とのキスはぜんぜん嫌じゃないどころか、すごく興奮した。でも相手が自分だと思うだけで、どんよりしてしまう俺がいるんだ。俺みたいな地味なフツメンが相手じゃ、心から萌えられないんだよ」

佑真が暗い顔で嘆きだすと、人見ががりがりと頭を掻く。

「いつもそれ言うけど、佑真って別にふつうじゃないよね？」

「え？」

何を言っているか理解できずに、眉根を寄せると、人見が佑真の額を小突く。

「会社の人も皆、佑真は変わってるって言ってるよ？　容姿も俺は好きだけど。っていうか、俺には佑真が光って見えるんだから仕方ない。言われて嫌かもしれないけど、可愛いなって思うし……キスして赤くなってる佑真は、ちょっとやばかった。このまま押し倒したいと思うくらい」

「はぁああ？」

別の人と間違えているのではないかと疑念が生じる。可愛いなんて目がおかしいか、脳がおかしい。

「……あのさ、さっきの話、よく考えて。佑真がその気になれないと言うなら、とりあえず俺の実家で働くだけでも了承してほしい。免許取得に必要なのは二年だよね？　その間に、絶対に俺のこと好きにさせるから」

人見の手が伸びてきて、ぎゅっと手を握られる。人見の体温はずっと熱くて、それが嘘でも冗談でもないのが伝わってきた。二年――人見の実家で働く。夢に描いていたものが現実味を帯びて、心が浮き立つような、それでいて焦る気持ちに支配される。

「今も充分好きですが」

すでに人見を好きなのに、これ以上どうしたらよいのだろう。

「言い直す。俺を独占したくなるような、好き、にさせるから」

人見が苦笑して、佑真の手の甲にキスをする。今のは、ぐっときた。王子様っぽいしぐさで、すごくいい。今度、妄想に使わせてもらおう。

「はぁ。……それじゃ、転職するんで、よろしくお願いします」

佑真が正座し直して言うと、人見の顔がぽかんとなった。

自分でも自分の心が読めないが、ここまで人見に言われたら、受けてあげないのは失礼な気がしてきた。実際、今日のプレゼンは心を射抜かれた。人見の知らなかった顔をいくつも知ってしまったし、もう会えないのかと思っていたところに、二年猶予ができたのだ。人見の嫁になる決意はできないが、二年、近くで働けるなら転職くらいしてもいいと思えた。今の会社が合っていないのは自覚していたし、渡りに船と思えばいいだろう。

何より、人見の姿を見られなくなるのが今の自分はとってもつらい。

「ホントに？　一歩前進してくれるの？」

人見の目が輝き、握った手に力が込められる。

「嫁になるかどうかは、置いといて。推しのいない生活は耐えられないから」

きっぱり言い切ると、人見ががっくりと肩を落とす。人見の望む答えとは違ったようだが、それでも気を取り直したようにはにかんで笑う。

「すごく嬉しい。絶対、好きにさせる」

人見に抱きしめられそうになって、佑真は慌てて手で押し戻した。これ以上甘い空気を醸し出すのは危険だ。今日のところはお引き取り願いたい。

――かくして、佑真の人生は思わぬ方向に転換した。この先どうなるかは謎だが、今は推しの顔をこれからも愛でられるという幸せに浸っていた。

◆3　秘境の温泉場

転職すると決意したものの、佑真は会社を辞めるまでに二カ月かかってしまった。理由は人見が辞めた後ということで、人手が足りず、上司に人員を補充するまでもう少しいてほしいと泣きつかれたせいだ。

無事退職できたのは十一月下旬という、日に日に寒さが増した頃だった。人見と連絡を取り、スーツケースに荷物を詰め込んで出発した。人見の実家では住み込みの仕事を希望しており、給料は今より安くなるが、衣食住が無料なのでむしろいい条件だ。とはいえ、人見という存在がいなければ、住み込みで働く仕事など断っていただろう。

（一番近いアパートが車で二時間と言われちゃなぁ……）

人見の実家の旅館がある場所は、とてつもないド田舎らしい。最初は誇張して言っているのだろうと思ったが、人見と待ち合わせた空港で本当にド田舎かもしれないと考え直した。

降り立った空港は高知龍馬空港で、ここから車で数時間かかるという。

「佑真！」

スーツケースを引きずって到着ロビーをうろついていると、聞き覚えのある声が背後からした。

振り返ると白のタートルネックに細身のジーンズ姿の人見が手を振って近づいてくる。人見が会社を辞めてから二カ月ぶりで、相変わらず目を引く美しい容姿に胸がきゅんきゅんした。やっぱり人見は美しい。尊い。神だ。二カ月ぶりにご尊顔を拝謁できて、感動した。

「来てくれて嬉しい」

人見ははにかんだ笑顔で佑真を抱きしめてきた。同じ機に乗っていた女性二人組が人見に見惚れながら通り過ぎていく。ハグされると高身長の人見の顎が頭にくっつく。相手が自分でなければこの身長差は萌えだ。

「荷物持つよ。車まで案内する」

人見は嬉しそうに笑って佑真のスーツケースを代わりに引きずる。佑真は大きなリュックを揺らしながら、人見と並んで歩いた。

「手土産はおかきでよかっただろうか？　人見のお母さんが女将なんだよな？　俺が働く件については何て言ってるんだ？」

実家に戻った人見は、旅館の手伝いに追われて、メールでしか連絡を取れなかった。電話をかけても繋がらないし、旅館の詳細についても語ってくれなかった。人見でなければ新手の詐欺を疑っていたレベルだ。

「人手不足だから、助かるって言ってる。手土産なんていいのに」

苦笑しながら人見が佑真の顔を覗き込む。

「先に言っておくけど、俺の母親、ちょっときついところがあるから、気にしないで。何か嫌なこと言われたり、されたりしたら、すぐ俺に言ってね。全力で守るから」

真剣な表情で言われ、映画のワンシーンのようだとときめいた。

「大丈夫。俺、基本的に上司に受けが悪いから」

明るく笑って言うと、人見が複雑そうな表情で固まった。自虐的にとられたかもしれない。けれど事実なので、仕方ない。生まれてこの方、世辞やおべっかとは無縁の存在だった。しかも嘘がつけない性格で、教師や先輩、課長や部長にもたくさん叱られてきた。慣れているので、問題視していない。

「それよりも俺にプロポーズした話、してないよな？　そっちのほうが問題……」

「しちゃった。まずかった？　ちゃんと正確に話してるよ。プロポーズしたけど、保留にされてるって」

ぎくりとして佑真は立ち止まった。ちょうど空港の駐車場に着き、人見が車のキーを取り出したところだった。話してしまったのか。きっと目の敵にされるだろう。求婚した相手がベータの男なんて、女親からしたらショックが大きいに決まっている。子どもも産めないし、こんな記憶に残らないような地味めのフツメンじゃ、がっかりするはずだ。

「覚悟していくか。……って、これ人見の車？」

停まっていた車が４ＷＤで、面食らった。もっとスマートな車に乗っていると思ったが、予想が外れた。

「うん。乗って。スーツケース後ろに入れとくね」

スーツケースを軽々と抱え、人見が助手席を促す。４ＷＤの車は初めてで、車体は高いし、いかつくて落ち着かない。

「時間かかるから寝てていいよ」

運転席に乗った人見が車を発進させて言う。朝早い飛行機だったので少し寝不足だが、運転している人の隣で寝るのは申し訳ない。それにこの席なら思う存分人見の凛とした横顔を見られるので有り難い。

「ちょっと緊張してる」

広い国道を走らせ、人見がぼそりと呟いた。

その時は他人を乗せて運転するからだろうと安易に考え、深くその言葉について考えなかった。


空港を出てから三時間が過ぎ、佑真は内心不安になっていた。車はどんどん民家がない山道を走っていく。数時間かかると言っていたが、せいぜい二時間くらいだろうと思った自分が甘かった。東京で育ったので、移動距離についての知識が甘いのだ。四国の過疎化が進んだ山奥を舐めていた。あれが四万十川《しまんとがわ》だよと言われ、大体の地理が読めてきた。

「ひ、人見……あとどれくらいかかるのかな？」

車窓から山の中に猿がいるのが見えて、佑真は声を震わせた。街灯も少ないし、道はカーブばっかりだし、山を上ったと思ったら下っていくし、本当にこの先に旅館などあるのだろうか？

「あと一時間半くらいかな……。お昼、ちゃんと食べたよね？」

車の速度を上げて、人見が聞く。

「ああ……。絶対お昼食べて来いっていうから空港で」

あれは気遣って言ったわけではなく、本当に途中に食事する店がないからだったのか。自分が僻地に行くのを自覚し、佑真は目を擦った。あまりに景色が変わらないので、眠くなってきた。木と緑しかない。この辺に住んでいる人はどうやって生活しているのだろう。

「夕方までには着くはずだから」

ぞっとするようなことを言われ、つい腕時計を確認した。現在、四時少し前。腹は大丈夫だが、トイレに行きたくなったらどうしよう。

「こんな山奥にあって、お客は来るのか？」

気になって質問すると、人見が苦虫を噛み潰したような顔で黙り込んだ。

「忙しいっていうから、閑古鳥ってわけじゃないんだよな？」

これから働く場所がどういう環境か知りたくてなおも質問する。人見はちらりと佑真を見て、ふうと吐息をこぼした。

「……うちの旅館は、一日一組限定の旅館なんだ」

言いづらそうに人見が言う。一組限定なんて、こぢんまりした宿なのだろうか？　特別な客のみと前に言っていたから、お忍びで来るような金持ち相手だけとか？

「お客は、まぁ……わりと来る。予約は一年先まで入っているみたいだし……」

「すごいじゃないか」

何故人見が言いにくそうにしているのか分からないが、経営状態に問題がないなら別にいい。

「あと、ごめん。実は料理人の岡山《おかやま》さんって人が、二カ月前に骨折しちゃって、まだ入院中なんだ。だから退院するまで客には素泊まりにしてもらっている。他に料理作れる人がいなくて。岡山さんが戻ってくるのが十日後なんだ」

「大変じゃないか」

佑真は目を丸くして、驚いた。こんな山奥で飲食店もないのに、素泊まりなんて大丈夫なのだろうか？　それでも泊まりたいほどの魅力がある旅館なのか？　ますます頭がこんがらがってきた。

「従業員ってどれくらいいるんだ？」

先ほどから聞いていると規模がさっぱり読めなくて、佑真は首をかしげて尋ねた。

「……俺と母親、あと仲居をしている姉……」

ふんふんと佑真は頷いた。それから？　と聞くと、人見が「それだけ」と小さく言う。

「えっ、入院している人入れても、四人しかいないの？　俺、含めて五人？　俺、素人なんだけど大丈夫？」

一組限定だから、少人数でも回せるのだろうか……。旅館で働いたことがないので知らないが、家族経営という奴だろうか？　ペンションみたいな感じか？

「あ、それは大丈夫。佑真は肝が据わってるからイケると思う」

人見が思い出し笑いをしたので、余計に気になった。

「ところで人見のお父さんって……」

父親の話が出てこなかったのでつい口にしてみると、人見が「親父は高校生の頃に亡くなった」とさらりと言う。

「そうだったのか。苦労してたんだな」

人見の父親がすでに他界していたとは知らなかった。そんな苦労をおくびにも出さず、がんばってきたのかと思うと、尊敬の眼差しになる。ということは、人見の母親はシングルマザーで人見を育てあげた素晴らしい人なのだ。ますます自分のような何のとりえもない男がやってきたら嫌ではないだろうか。しかも何の因果か息子が地味なベータの男を好きなんて、ふつうなら働きに来るのだって拒否するはずだ。それすらも拒否できないほど、人手が足りないのだろうか？

（よく分からんなぁ……。まぁ、よっぽどひどかったら辞めて東京に戻ればいいか。そのためにもアパートの契約そのままにしてあるし）

住み込みで働くとなった時、住んでいるアパートは退去しようか悩んだ。けれど新しい環境に馴染めるかどうか不明だし、仕事が上手くいくかどうかも未知の領域だ。しばらくそのままにしておいて、新しい仕事が軌道に乗ったら契約を終了しようと決めた。

あれこれ想像しながら車に揺られ、佑真は腕時計を見た。空港を出てから四時間以上が経過している。少しずつ日が暮れ、辺りの景色が闇に包まれ始めた。

「霧が……」

赤く染まる空に気を取られていると、周囲を霧が覆い始めた。霧は徐々に辺りに広がり、数メートル先さえ覆い尽くしていく。

「えっ、大丈夫？　これ。対向車とかぜんぜん見えないんだけど」

あまりに景色が白くなっていくので、佑真は不安になってスマホを取り出した。今どこら辺にいるのかナビで確認しようとしたのだ。

「圏外！」

久々に見た二文字に大きな声を上げてしまう。スマホが使えない場所なんて、まだ日本にあったのかと驚愕《きょうがく》した。

「慣れてるから、平気だよ」

人見は動じた様子もなく車を走らせている。せめてもう少し速度を弛めてくれないかと頼んだが、着くのが遅くなると言われる始末だ。田舎で暮らすと大抵のことには動じなくなるというが、初めてこんな霧の中を移動する佑真はひやひやして落ち着かない。だんだん道は細くなるし、薄暗くなっていくし、このまま異世界にワープするのではないかとあらぬ妄想まで湧いた。

「あと少しで着くから」

人見が安心させるように微笑む。あと少しというので十分くらいかと期待したが、三十分経っても一向に着かない。

「な、なぁ人見……。あ、霧が晴れて……ぎゃっ！」

霧が晴れて視界が利くようになって安心したのも束の間、極端に道幅が狭い場所を車が走っていることに気づいた。４ＷＤの車が通れるぎりぎりの細い山道で、窓から外を覗くと切り立った崖になっている。

「こわっ、怖い！　落ちる！」

街灯もない暗く細い山道を上っていく車に怯え、佑真はガタガタと震えた。少しでもハンドル操作を間違えれば、崖に落ちていくような険しい道だ。そもそも車で通る道じゃない。

「落ちたことないから大丈夫」

人見はハンドルを握りながら、さらりと言う。道は舗装されていないので、車体がひどく揺れた。車のライトは前方を照らすが、とっぷりと日が暮れたせいで山道しか映し出さない。生きた心地がしないまま助手席で縮こまり、佑真は祈るように前を見た。

ふいに明かりが飛び込んでくる。暗かった山の中に、煌々とつく灯籠《とうろう》の光。それは道しるべのように転々と奥へ続いている。

「着いたよ」

人見がブレーキを踏み、ようやく車が停止した。佑真は安堵しつつ車を降り、目の前に現れた大きな建物を見上げた。

「すっごい……大きいじゃないか」

人見の話からこぢんまりした宿を想像していたが、こんな山奥に建てられたとは思えないほど趣のある美しい宿だった。入り口には二本の柱の冠木門《かぶきもん》がそびえ、その奥から石畳がカーブを描いて続いている。石畳の横には火を灯した灯籠が、建物の玄関口まで並んでいる。建物は純和風の横に長い造りの木造建築で、屋根には瓦《かわら》が葺《ふ》かれている。黒い格子が壁一面に施されていて、美術館みたいな雰囲気だ。

人見は車を建物の横にある砂利が敷かれた場所に停めると、スーツケースを下ろして佑真の横に立った。どうやらここは駐車場らしい。

「これで一組しか泊めないって、もったいなくない？」

外観だけ見ると十組程度は泊められそうな大きな旅館だ。どうして一組限定なのか、理由が思いつかない。ひょっとして人手不足でやむなく一組だけにしているのだろうか？

「いや、一組が限界だよ」

人見は難しい表情で首を振り、スーツケースを引きずりながら先に立って歩きだした。人見の話では、今夜は客がいないそうだ。中庭に目をやり、佑真は眉を顰めた。中庭は池もあるし、大きな岩や、立派な松の木が立ち並ぶ手の込んだ配置になっているのだが、いかんせん手入れがされていない。庭にまで手をかける余裕がないのだろう。

長い石畳を歩き、大きな玄関扉の前で立ち止まった。達筆な文字で『七星荘《ななほしそう》』と書かれている。宿の名前だろう。人見が格子扉を横にスライドする。

「ただいま戻りました」

人見が先に玄関口に足を踏み入れる。緊張しつつ中に入ると、旅館らしい玄関ロビーが広がっている。右奥にL字型のソファとテーブルが置かれ、左には受付カウンター、何故か大きな熊の剝製《はくせい》が置かれている。旅館にありがちな生け花や雑誌類が置かれた棚はなく、壁にも広告めいたポスターは一切ない。

「おかえり、蓮」

受付カウンターの奥から、すっと出てきた人がいた。髪をアップにして、柿色の着物をピシッと着こなした五十代後半くらいの女性だ。目が合った瞬間、その整った顔立ちと目尻の上がった目元に人見の母親だと悟った。若い頃はさぞかし美人だったに違いない。

「初めまして。鈴木佑真です」

値踏みするような目つきで近づいてきた女将に、佑真は腰を九十度に曲げて挨拶した。いきなり嫌味を言われる覚悟もしていたが、女将は頭からつま先までじろじろと佑真を眺め、ほほほと笑いだした。

「あんたがうちの息子の想い人かい。なかなか上玉じゃないか。今時、都会にこんな上物が残っていたとは……」

ハスキーがかった声で女将が言い、佑真の肩を叩く。上玉……？　この場にそぐわない単語に困惑していると、人見が嬉しそうに笑う。

「そうだろう。佑真ほど光ってる人はいなかったよ」

また人見が光っているとか光ってないとか言いだしている。佑真には通じないが、母親には通じるのか、二人して目配せし合っているのが不気味だ。

「うちで働いてくれるそうじゃないか。猫の手も借りたいくらいだよ。明日から早速よろしく。くわしいことは蓮に聞いておくれ。ああ、都《みやこ》」

声を聞きつけて、左の廊下の前にある階段から和装の三十代前半といった女性が下りてくる。姉の都だろう。思ったより年上で驚いた。ショートボブの髪形で、目がくりっとした可愛らしい女性だ。人見の家系は美人、美男らしい。

「まぁ。あなたが佑真君。お話は蓮から聞いてます。私は都。よろしくね」

都はそう言って佑真の前に正座して頭を下げた。慌てて佑真も頭を下げる。

「よ、よろしくお願いします。こういう仕事は初めてで……」

「とりあえず中に入りな」

女将に顎をしゃくられ、急いで靴を脱ぐ。それにしても女将は極妻みたいな口の利き方だ。これで接客業は大丈夫なのだろうか。

「佑真の部屋に案内するよ」

佑真のスーツケースを抱え、人見が背中を押す。一階に厨房や従業員の部屋があるそうだ。二階が客用の部屋だろう。階段横の廊下を通り、佑真は肩透かしを食らった思いで後ろを振り返った。女将も都もにこにこして、佑真を歓迎している。

(てっきり歓迎されないと思ったんだけどなぁ。いい人なのか。人見の母親だもんな)

身構えていた分、だいぶ心は軽くなった。これならここでの仕事もやっていけそうだ。人間関係がよければ、たいていの仕事は乗り切れるはずだから。

「佑真の部屋はここ。隣が今はいないけど、岡山さんの部屋で、その隣が都の部屋」

黒いドアの前で人見が言い、ドアを押し開ける。入り口横のスイッチを押すと、部屋の中に電気が通った。部屋は六畳程度の和室で、押し入れに布団と座布団、折り畳み式の小さなテーブルが立てかけられている。人見がスーツケースを壁際に置き、カーテンを開ける。もう六時を過ぎたので窓の外は鬱蒼《うっそう》と生い茂った黒い林しか見えないが、昼間は時々狸がやってくるそうだ。

「狭いけど、ここで大丈夫かな？　これ鍵」

ポケットから鍵を取り出し、人見に手渡される。

「ぜんぜんいいよ。館内、案内してほしい」

荷物を床に置くと、コートを脱ぎ、身軽になって言う。

人見と部屋を出て、従業員が使うトイレや出入り口、用具入れを見て回る。二階に上がると大きな宴会場と客室が並んでいた。そこではたと気づいた。一組限定といっても、人数に制限はないのだ。どうやらグループで泊まる客が多いらしく、宴会場も広ければ、大浴場も広かった。露天風呂もあるそうで、空いている時は従業員も使っていいとか。

「うちは温泉が売りなんで、佑真もどんどん使って。美肌効果があるらしい」

「最高じゃないか」

ただで毎日温泉に入れるなんて、これから寒い時期を迎えるにはうってつけだ。今のところ、いい話ばかりで、逆に腑に落ちない。人見が時々言いづらそうにしていたから、ブラックな職場だとばかり思っていた。

「蓮、佑真君。夕食にしましょう」

館内を見て回っていると、都が呼びに来てくれた。そういえばまだ厨房を見せてもらっていない。

従業員が食事をする場所も。

「おうどんにしたけど、いいかしら」

都に首をかしげられ、佑真は笑顔で頷いた。高知はうどんが美味いと聞いた。楽しみだ。

一階にあるバックヤードは従業員が食事するテーブルと、ロッカー、宿に関する書類が入った棚やキャビネットが置かれていた。バックヤードの奥にいわゆるスイングドアがあって、その奥が厨房になっている。ちょうど女将が四人分のうどんが入ったどんぶりを、ワゴンに載せて、そこから出てきた。

「はいよ、お待たせ」

テーブルに盆を置いた女将が、ふうと上気した頬で言う。木製の椅子に座り、どうも、と言いかけた佑真は、目が点になった。

確かにうどんだ。うどんだが……。

「あ、あの……素うどん？　これだけ、ですか？」

どんぶりの中には湯気を立てたうどんしか入っていなかったのだ。しかもつゆが透明。釜揚げうどんかと思ったのだが、つゆがない。透明に見えても味がついているのだろうかと勘繰りつつ、席に着く。

「茹《ゆ》でるしかできないからさ」

当然といった態度で女将が言い、手を合わせる。人見と都も同じように手を合わせたので、佑真も手を合わせて箸を取った。素うどんなんて久しぶりだが……。

「……味がしねぇ!!」

一口食べて、気づいたら叫んでいた。素うどんというのもおこがましい、お湯に茹でたうどんをぶっ込んだだけの代物だ。しかも、茹ですぎたのか、うどんがくたくたで、クソ不味い。お湯もぬるくて、本当に沸かしたのだろうかと疑うレベルだ。あっという間に湯気も消えた。噛むたび、不味さが増していく。

「不味いよねぇ……。小麦の味はするけど……」

都もまずそうにもそもそうどんを噛んでいる。

「しょっぱいよりマシだろ。昨日はずっと口の中がしょっぱくて大変だったじゃないか」

女将がムッとした様子でうどんを啜《すす》っている。

「あ、あの……、出汁、とかないんですか？　せめて卵とか……」

腹は減っているが、味のないうどんでは咽を通らない。佑真が恐る恐る言うと、三人ともきょとんとした顔で佑真を見る。

「佑真、俺たち本当に料理ができないんだ。お湯を沸かすことくらいしか」

人見が申し訳なさそうに言う。

「岡山さんが賄いも全部作ってくれていたから、私たち、塩と砂糖の違いくらいしか分からないの」

都がしょぼんとして告白する。三十代前半の女性がそれではまずいのでは……。

「でもあんた、料理できるんだって？　明日からまともな食事ができるってことだろ？　助かったよぉ、岡山さんが入院してから、ろくな飯食ってないからね」

女将がテーブルをばんばん叩きながら、笑う。人見の母親はわりとがさつそうだ。

「ちょ、ちょっと厨房見せてもらっていいですか？」

嫌な予感がして、佑真は腰を浮かした。扉を押し開け、厨房を見回す。

「ゴミ屋敷！」

つい怒鳴ってしまったのも仕方ない。厨房はひどい有り様だったのだ。流しには積み重ねられた汚れた皿の山があり、コンロは黒く汚れ、大きなステンレス製の調理台は汚い鍋やフライパンが重なり、床には白い粉や液体が垂れている。どれもかなり以前のものらしく、乾いて固まっている。見るからに汚い。

「いつかやろうやろうと思いつつ……」

人見が恥ずかしそうに呟く。

「この厨房見たら、岡山さん、泣いちゃうね」

都も頬を赤くする。

「虫が湧いてきたから、どうにかしなきゃね」

女将はあっけらかんと笑っている。

――前言撤回。恐ろしい職場に来てしまった。これからここでやっていけるのか不安になりながら、佑真は固まっていた。

仕事始めの初日は、目覚ましなしで朝の五時に起きた。見慣れぬ天井と壁、置きっぱなしのスーツケースとバッグ。それらを眺めながら、佑真は布団を畳んだ。

昨夜は早々に眠りにつき、今日に備えた。何しろあまりにも想定外の職場、想定外の仕事仲間、さすがの佑真も推しの妄想に浸る余裕がなかった。

「よし、気を取り直してがんばろう」

昨夜人見から渡された制服に袖を通し、佑真は顔を引き締めた。この旅館では従業員の男性は紺色の作務衣《さむえ》、女性は朱色の着物、足元は足袋というのが制服になっている。白い前掛けをつけて部屋を出ると、廊下を歩いている人見に出くわした。

「おはよう。早いね」

にこりと笑って人見が言う。作務衣姿の人見はなかなか様になっていて、心が浮き立った。だが、今の自分は推しよりも大事な任務がある。

「朝のミーティングは七時だから、その時間になったらバックヤードに集まって」

「了解。朝食、どうしてるんだ？　まだ食材がどこにあるのかもよく知らないんだけど。ってまぁ、あの厨房じゃ今は何も作れないと思うが……」

昨夜目の当たりにした腐臭にまみれた厨房を思い出し、佑真はぞっとして自分の腕を抱いた。潔癖症というほどではないが、佑真は綺麗好きだ。あの厨房を何とかしなければと、その思いで今日は早く目が覚めた。

「最近はもっぱらゼリー状の栄養補助食品を食べている。母さんが大量に購入したんだ」

恥ずかしそうに人見に言われ、嘆かわしくてくらくらきた。とはいえ昨夜のクソ不味いうどんよりはマシかもと思い直した。人生史上、最高に不味いうどんだった。

人見と一緒に厨房に向かい、意を決して扉を開けた。昨夜見たものが夢であってほしいと願ったが、明るい時間に見ても、汚いものは汚い。

「ここが冷蔵庫、こっちが冷凍庫」

冷蔵庫や冷凍庫は、旅館業らしく大型の業務用のものだった。こんな山奥ではしょっちゅう買い物に行けないので、買いだめするのだろう。

「野菜は……この辺にある奴だと思うんだけど」

人見が冷凍庫の横に積まれた段ボール箱を開けて、目を背ける。段ボール箱の中には腐りかけのじゃがいもと玉葱《たまねぎ》、草がぼうぼうの人参が入っている。じゃがいもが腐るなんて、相当だ。食材を無駄にするなど言語道断。ブラックな職場だ。

「ひぎゃっ」

大型の冷凍庫を開けると、豚肉が生前の姿に近いままで吊るされていた。豚肉はパック売りしか知らないので、驚いて変な声が上がってしまった。カチカチに凍って霜がついているが、これはまだ食べられそうだった。続けて冷蔵庫を開けると、干からびた野菜や腐った作りかけの料理、溶けた果物、賞味期限が一カ月以上過ぎた卵が並んでいる。豆腐はわりと形を保っていたので嗅いでみたが、つんと鼻につく酸っぱい匂いで死にそうになった。唯一味噌《みそ》だけは無事だったので希望が湧いた。

「あ、今日、食材の業者が来るから、そこで必要なものを買ってもらえるかな？　十時頃、軽トラで来るはずだから」

思い出したように人見が言い、佑真も救われた。

「……ごめん。ひどい職場だよね。くわしく話したら、佑真が帰っちゃうと思って話せなかったんだ」

あちこちで悲鳴を上げる佑真に申し訳なく思ったのか、人見が頭を下げる。

「そうだな。かなり騙された感はあるが、これも仕事の一環と思ってがんばるよ」

素直に言うと、人見がおかしそうに笑いだした。面白いことは言ってないはずだが……。

「そろそろ掃除に行かなきゃ。またあとでね、佑真」

人見は腕時計を確認して、厨房を去っていく。佑真は大きく呼吸すると、厨房を綺麗にすべく、用意しておいたゴム手袋とマスクをした。念のためにとスーツケースに入れておいて本当によかった。欲をいえば、ゴーグルも持ってくるべきだった。時々目に痛い成分を感じるのだ。

厨房には窓があったので、全開にして掃除を始めた。最初に業務用の炊飯器を開ける。案の定、中にはカビが生えた白飯が残っていた。想定ずみだったので、心を無にして中身をゴミ袋に入れていく。炊飯器は大きいのが三つあって、小さい家庭用サイズが一つあった。小さい家庭用の炊飯器を綺麗にして、厨房の隅に積まれていた白米を取り出す。お米は無事だった。虫もいない。

（おにぎりくらい作れるかな）

お米を研いで、スイッチを入れるとちゃんと起動する。朝食はおにぎりにするべく、中の具材を探した。流しの下の台にあったものは賞味期限切ればかりだったが、かろうじておかかが使えそうだった。

朝食はまともなものを食べたい。そんな思いで、佑真はご飯が炊き上がるのを待ちながら流しに積まれた食器を洗い始めた。旅館なのだから食洗器くらいあってもいいはずだが、ここでは手で洗っていたようだ。洗った皿を置く場所を作るために、汚れた鍋やフライパンを床に避難させる。流しに積まれた大量の皿を洗い終えた頃、炊飯器が炊き上がりをメロディーで教えてくれた。

（さすが量が多い……っ。洗うだけで一時間かかってしまった）

皿を拭くところまでは進めず、とりあえず炊飯器の蓋を開けに行った。

「よし、大丈夫！」

あまりに腐ったものばかり見させられたので、無事にご飯が炊けないのではないかと心配したが、文明の利器は佑真を裏切らなかった。棚から塩を取り出し、おかかに醤油《しょうゆ》とゴマを交ぜ、おにぎりを握った。海苔《のり》は大判しかなかったので、適度な大きさに切って巻きつけていく。少し多めに握って、大きな浅皿に並べた。ちょうどミーティングの時間に間に合った。

「おはようございます」

扉を開けて顔を出すと、バックヤードのテーブルには女将も都も人見も揃っていた。佑真が握りたてのおにぎりを載せた皿を運んでいくと、皆の目がきらきら輝いた。

「こんなものしか作れませんでしたが、どうぞ」

テーブルの上に皿を置くと、いっせいに皆の手が伸びる。

「美味っ」

「美味しい！」

「久しぶりにまともな食事だね！」

全員が嬉しそうに顔をほころばせて、がつがつとおにぎりを頬張る。その姿はまるで食事を与えられていなかった子どものようだ。かつてこれほど喜ばれることがなかったので、目の前の光景に胸がきゅんとした。

「あんた、なかなかやるじゃないか。この調子で頼むよ」

女将は三個目のおにぎりを頬張っている。たくさん作ったのに、女性陣まですごい勢いで食べるので、あっという間に皿は空になった。よほどゼリー食に飽きていたのだろう。

「ふう。やっぱり朝は米だねぇ。それじゃそろそろミーティングを始めようか」

女将が一服しながら言う。

「今日のお客は三時チェックインで十二名様だよ。慰安旅行で三泊四日の予定。マッサージ希望の客がいるので、都よろしく」

「了解です」

今日は十二名もの客が来るのか。そんなに大勢で来て、食事なしで大丈夫なのだろうか？

「佑真は接客を一切しなくていいからね。二階には絶対に上がらないでね」

真剣な目つきで人見に言われ、佑真は気を呑まれつつ頷いた。素人が顔を出して間違った接客をすると問題になるからだろう。それにしても慰安旅行で三日も宿泊なんて、よほど仲の良い職場だなど思った。

「では今日も一日、がんばりましょう」

女将の挨拶によろしくお願いしますと頭を下げ、仕事初日がスタートした。


午前中は、佑真は片づけに追われた。とりあえず皿は全部綺麗に洗い、食器棚に収めるまでやり遂げた。次は鍋やフライパンのこびりついた汚れと格闘した。一体何をしたか知らないが、焦げて使えなくなった鍋がいくつもある。絶対にあの三人のうち誰かが料理を失敗したのだろう。

洗い物の途中で軽トラックが窓越しに見えたので、佑真は手を止めて外に出た。

旅館の駐車場に、白い軽トラックが停まっている。急いで駆け寄ると、荷台に段ボール箱がぎっしり置かれている。

「あれ、見ない顔っすね」

軽トラックから降りてきたのは二十代前半くらいの若者だった。野球帽を被り、スカジャンにジーンズ姿で、いかにも若い頃はヤンキーでしたみたいな雰囲気だ。髪も金髪に染めているし、口調もチャラい。

「新入りです。今、厨房を任されていて」

佑真が挨拶すると、男はじろじろと眺め、興味深そうに顎を撫でる。

「よくこんなお化け屋敷みたいなとこで、働く気になったっすね？　まだ若いじゃん。俺と同じくらいっしょ？」

半分同情気味な顔つきで言われ、佑真は首をかしげた。

「お化け屋敷……？」

確かに幽玄《ゆうげん》の境にありそうな宿ではあるが、お化け屋敷は言いすぎのような。

「あ、まだ何も知らないんだ。わりぃ、わりぃ。聞かなかったことにして」

佑真の態度に口が滑ったと悟ったのか、男が帽子を目深に被る。ひょっとしてこの旅館、地元の人には評判が悪いのだろうか。

「どれ、いります？」

お化け屋敷の詳細について聞きたかったが、まずは食材を仕入れるのが先だ。男は段ボール箱を次々と開けて、新鮮な食材を見せてくれる。佑真はキャベツや白菜、茄子や胡瓜《きゅうり》、南瓜《かぼちゃ》に、人参といった野菜を次々と指さしていった。日持ちする野菜を中心に選んでいく。卵も売ってくれるのは有り難い。ここにはないものでも、頼めば次回持ってきてくれるそうだ。

「まいど。毎週火曜日に来るんで、頼まれたもの、次回持ってきますね」

渡された財布で支払いをすませると、男が「俺、大和《やまと》っていいます」と名乗ってきた。大和は支払いが終わると、そそくさと軽トラックに乗り込み、去っていく。もっとくわしくこの旅館の話を聞きたかったが、次回に持ち越しのようだ。

「新鮮な食材はいいなぁ」

段ボールに詰め込んだ食材をうっとり眺め、佑真は買ったものを中に運んだ。お昼は何を作ろうかと頭を巡らせる。

汚れた鍋のところに戻ると、少しだけどんよりしたが、美味しい昼食のためにと気を取り直して掃除に励んだ。

お昼までにシンクは綺麗になった。まだ汚れた鍋は積まれているが、とりあえず水道の水が障害なしにシンクの排水口に流れていくのが見ていて気持ちいい。

昼食は味噌汁とチャーハンにしようと、綺麗に洗った鍋をコンロに置いた。棚に業務用の煮干しや昆布が揃っている。岡山という料理人はきちんとした性格なのだろう。粉末状の手軽な出汁などはどこにもなかった。

(出汁からとるなんて久しぶりだな)

大根と玉葱で味噌汁を作りながら、チャーハン用の具材も炒めていった。料理を作っている時に一番困ったのが包丁だ。ずいぶん使ってないせいか、切れが悪い。暇な時に包丁も研がねばならないだろう。

「佑真、何か手伝うことある?」

匂いにつられたのか、厨房に人見が入ってきた。

「あ、すごい。綺麗になってる」

シンクの汚れものが消えたのに気づき、人見が感動する。

「いやまだ、ぜんぜんだ。床も汚いし。お味噌汁、よそってくれるか?」

フライパンを動かしながら言うと、人見がお玉を握って鍋を掻き混ぜる。チャーハンに塩と胡椒《こしょう》を入れている途中で、人見が部屋の隅を見て、ぎくりとした。つられてそちらを見ると、いつの間にか小さな男の子が立っている。五、六歳くらいの、ちゃんちゃんこを着た丸坊主の子だ。声をかけると思った人見は、何故か無言で味噌汁を椀に注いでいる。

（あんな小さい子もいたんだ？）

人見が何も言わないので、佑真は気になって火を止めた。四人分だと思って作っていたので、五人分だと配分を変えなければならない。

「あの子、誰？」

五人分の皿を取り出して、佑真は尋ねた。

「えっ⁉　佑真、わー坊、視《み》えるの⁉」

人見が驚愕したように声を震わせる。見えるも何も、そこにいるじゃないか。

「五人分にしたほうがいいんだよな？　ひょっとして都さんの子とか？」

人見の兄弟というには歳が離れすぎているので、ひょっとして都の子だろうか。すると人見は急に硬い顔つきになり、佑真の手を止めた。

「いや、四人分でいいから」

人見は視線を泳がせながら呟く。子ども用の食事は別にあるのだろうか？　よく分からないが、いらないというなら、当初の予定通り四人分の皿に盛りつけよう。佑真は皿にチャーハンを盛りつけ、簡単に作ったサラダも添えた。

「わー坊って何?」

変な呼び名だなぁと思いつつ尋ねると、人見はひどく困ったようにうつむいてしまった。『わ』がつく名前なのだろうが、そんなに言いづらい名前なのか。

「……あの、後で話す」

人見は苦悩めいた表情で、味噌汁を盆に載せて運んでいく。佑真は首をひねりながら、チャーハンの載った皿を持ってその後ろをくっついていった。

「わぁ。チャーハン、美味しそう!」

バックヤードには女将と都がすでに戻っていて、運ばれてきた料理に目を輝かせる。厨房に男の子を残しておいていいのだろうかと気になったが、人見が「あの子は気にしないで」というので椅子に腰を下ろした。何か事情があるのだろう。

「いただきます」

全員で手を合わせ、昼飯を食べ始める。女将も都も「美味しい、美味しい」と笑顔で食べている。

「同じ味噌を使っていても、岡山のとは味が違うねぇ」

味噌汁を飲んでいた女将に言われ、佑真は苦笑した。

「岡山さんの味は知らないんで、何かレシピでもあれば、近づけることはできるんですけど」

「あら、これはこれでいいわよ」

都がにこにこして言う。女将も別に文句を言いたいわけではないようで、そうそうと頷いている。

「佑真、夕食までは手伝いは必要ないから、休憩とってね」

隣に座っていた人見に言われ、佑真はありがとうと礼を言った。昼食を終えて汚れた皿を流しに運びに行くと、先ほどの男の子の姿が見当たらない。いつの間に出ていったのだろう。まさか近所の子どもだろうか？　近所というには周辺に家は見当たらないようだが。

汚れた皿を洗い終えて、佑真は休憩しようと裏口から外に出た。十二月に入り、一気に気温が下がった。空気はひんやりと冷たく、空も雲が厚く覆っている。今まで駅の近くのアパートに住んでいたので、一面緑がいっぱいの景色にまだ馴染めない。山の中腹辺りに旅館は建っているようだが、山の尾根が視線より低い場所にあって、標高が高いのが分かる。

「くー、身体いてぇ」

中腰で焦げついた鍋と格闘していたので、ストレッチを始めた。腰をぐっと反らしていると、庭の木の根元に先ほどの男の子が座っているのが視界に入った。目が合うと、男の子は立ち上がって駆け寄ってくる。

『おじさん、新入り？』

「おじ……」

いきなりおじさん呼ばわりされて、顔面蒼白になった。二十六歳でおじさんなんて、初めて言われた。五、六歳の子どもから見ると、自分などは中年なのか。

「お兄さんは新入りだ」

きりっとした顔つきで訂正し、佑真は子どもの頭を撫でた。ざりざりした感触が気持ちいい。よく野球部の友人の頭を撫でさせてもらったのを思い出した。

『遊ぼうよ。一人で退屈だった』

坊主頭の子に腕を引っ張られ、佑真は後ろを振り返りつつ、身を屈めた。

「ちょっとだけな。何する？」

少しくらいならつき合ってあげてもいいだろうと首をかしげると、坊主頭の子が嬉しそうに飛び跳ねる。

『池に行こうよ。魚、とろう』

佑真の手を握り、坊主頭の子が走りだす。苦笑してその足並みに合わせ、佑真は坊主頭の子に引かれながら森の中へ足を踏み入れた。落ち葉がうずたかく積もっていて、歩くたびにかさかさと音を立てる。勾配のある山道を歩き、三分ほど木々の間を抜けると、鬱蒼とした茂みの中に水場が出てきた。

「池っていうより、沼だろ」

坊主頭の子が連れてきた場所に、佑真は突っ込みを入れた。水は濁っているし、どこまで深いか見当もつかない。葦が茂り、古びた木の看板も立っている。危険、入るなと書かれている。

『魚、いるから。魚、食べたい』

坊主頭の子が佑真の手を離し、勢いよく走りだす。次の瞬間、坊主頭の子が池の中に飛び込んで、大きく飛沫が跳ねた。

「おいっ⁉」

まさかこの寒空の中、池に飛び込むと思っていなくて、佑真はひっくり返った声を上げた。慌てて池の傍まで駆け寄り、水面を覗く。

（え、何？　何？　山で育つと、こんな寒くても池に飛び込むもんなの？）

都会暮らししか経験のない佑真は、唖然としてその場に固まった。坊主頭の子の姿を探すが、どこにも見当たらない。

（ま、まさか溺れて⁉　それともこれも遊びの一種？）

訳が分からなくて、挙動不審になっていると、背後から「佑真！」と叫ぶ人見の声がした。振り返ると、血相変えて人見が走ってくる。

「ああ、よかった。人見、さっきの子がこの池に飛び込んだんだけど、まさか溺れて……」

頼りになる地元民の登場に安堵して、駆け寄ると、青ざめた表情の人見に抱きしめられた。

「この池、危ないから絶対に入っちゃ駄目！」

荒い息遣いで怒鳴られて、佑真は動揺した。

「や、危ないなら今まさに子どもが……」

「あの子、生きてる子じゃないから！」

池に落ちた子が気になって言うと、恐ろしい形相で遮られた。ぽかんとして、人見と視線を合わせる。生きている子じゃ……ない、だと？

「まさかぁ。あんなにリアルでくっきりとした幽霊がいるわけないだろ」

人見の真剣な様子がおかしくて笑いだす。てっきり人見も同調してくれると思ったのに、これみよがしに大きなため息を吐かれた。

「こんなに早く視えるようになるなんて思わなかった。昨日来たばっかりなのに。漫画よく読むって言ってたから、感受性が高いのかな？　それとも、もともとそういう能力があったとか」

　人見が頭をがりがりと掻きむしって吐き出す。

「え、いや……、嘘」

　佑真が顔を引き攣らせて池を振り返ると、いつの間にか先ほどの男の子が池から顔だけ出している。ぎょっとして身を引くと、人見が佑真の前に立ちはだかり、坊主頭の子を睨みつける。

「彼に手を出したら、恐ろしい目に遭わせるよ」

　聞いたことのない冷たく低い声で人見が言う。坊主頭の子は、馬鹿にするように舌を出し、池の中に潜っていった。佑真にも理解できた。この寒さの中、平気で池に潜ってこちらを見ているような子どもはいない。

「行こう、佑真。気になって見に来て、よかった」

　佑真の肩を抱き、人見が池から遠ざける。頭が混乱して、思考が追いつかない。今の男の子は、幽霊といった類いのものだろうか？　自慢ではないが、そういう系統の漫画やアニメは好きだけれど、実際に霊など視たことはない。

「えーっと、説明してくれる？　俺、もしかしてやばかった？」

　池が見えなくなるまで人見の身体が強張っていた。その真剣な様子を見れば、ただ事でないのは理解できた。

「あやうく池に引きずり込まれるところだった。悪いけど、外出する時は、一言言って。この辺りはやばいのも多いから」

ようやく佑真の肩から腕を外し、人見が低い声で呟く。

「ひょっとして、怒ってる？」

人見が先ほどからうつむいてばかりなのが気になって、佑真は恐る恐る聞いた。はじけたように人見の顔が上がり、じっと見つめられる。

「ごめん。言わなかった俺が悪い。先に言っても信じてもらえないと思って、そのうち言おうと先延ばしにしていた」

人見が肩を落とし、佑真の手を握る。

「あのね、俺の旅館、ちょっとおかしいんだ」

言いづらそうに人見が言い、佑真は眉根を寄せた。

「ちょっと、おかしい、とは？」

そういえば、軽トラックの若者も「お化け屋敷」と言っていたっけ。

「幽玄の境にある旅館だから、客がふつうじゃない。簡単に言うと、妖怪、とか……」

迷ったように視線をさまよわせつつ、人見が告白する。

「妖怪専門旅館……」

まじまじと人見を見つめ、佑真は頭が真っ白になった。いやいやまさか、ウケるーと言おうかと思ったが、重苦しい様子の人見を見ていたら言えなくなった。本気で言っているらしい。そんな馬鹿なものあるわけないと思うが、一方でなるほど、だからこんな山奥なのに素泊まりでいけるのだなと合点がいった。

「うーん……」

どう反応していいか分からなくなり、佑真は目を閉じた。先ほど確かに気色の悪い坊主頭の子と遭遇したが、妖怪専門旅館なんて信じ難い。とはいえ、嘘だと笑い飛ばすには人見があまりにシリアスだし、嘘をついている様子はない。

「でも俺、幽霊なんて見たことないし、妖怪なんて、二次元にしか存在しないと思ってるんだけど」

素直に受け入れるには、話が突拍子もなさすぎて、佑真はかろうじてそう言った。

「そうだよね。っていうか、さっきも言ったけど、佑真がこんなにすぐ視えるようになるなんて思わなかったから、俺も想定外なんだ。ふつうの人でも半年くらいいると視えるようになっちゃうんだけど……。さっきのわー坊が視えたと気づいた時点で、忠告すべきだったよね。こんな話、ふつう信じてくれないし、笑われたり馬鹿にされたりするのが怖くて言いよどんでしまった」

反省しているのか、人見が落ち込んでいる。そうか、不安だったのかと理解し、佑真は人見のためにも理解しようと前向きになった。

「なんかもっと、がつーんと分かるような例がないか？　今のところ、半信半疑なんだ」

人見の背中を軽く叩いて、佑真は提案した。ハッとしたように人見が顔を上げ、佑真の手を引っ張る。

「ちょうど今日のお客が来る。もう視えるかもしれないから」

人見はそう言って佑真の手を引っ張った。連れていかれたのは正面玄関の横にある階段の裏手だ。

人見に隠れるよう言われ、階段の陰に身を丸める。

「ここからお客さんが視えるはずだから、隠れて視ていて」

人見に強い口調で言われ、身を丸めて正面玄関を窺った。女将と都が奥から出てきて、慌ただしく正面玄関の扉を開ける。外から賑やかな声が聞こえてきた。今日の宿泊者は十二名のグループのはずだ。言われた通り正面玄関を覗いていると、女将と都と人見が「ようこそ、お待ちしておりました」と声を揃える。

ぶよんぶよん、という聞き慣れない音が耳に届く。まるで粘着質のボールが跳ねているような音だ。何の音だろうと不審に思い目を凝らした佑真は――硬直した。

玄関から、巨大なスライムが入ってきたのだ。

黄色や緑色、白色や赤色、さまざまな色のスライムが、上下運動を繰り返しながら宿の中に入ってくる。

（な、な、なーっ‼）

あまりの衝撃で、息をするのすら忘れて、佑真は階段の陰で石のように固まった。人見たちは平然とした顔つきでスライムたちに頭を下げ、「中へどうぞ」と案内している。よく見ればスライムには目らしき黒い点が二つあり、口らしき穴が空いている。女将の先導に従って、スライムたちが階段を上っていく。

佑真は階段の裏手で失神していた。

本当に妖怪専門旅館だったなんて。えらいところに来てしまった。

◆4　妖怪専門旅館

佑真が意識を取り戻したのは、客の接待の合間に階段を下りてきた人見に頰を叩かれたからだ。ぼんやりした頭で、人見を見返すと、ホッとしたように抱きしめられる。あまりにも理解し難い光景に、頭がついていけずショートしたようだ。

「部屋で安静にしていたほうがいい」

人見はそう言うなり、佑真を横抱きにして部屋まで運ぶ。まさかのお姫様抱っこに、意識が覚醒した。素でこんな真似ができるなんて、人見は王子様気質だ。

部屋に戻ると、人見がてきぱきと布団を敷き、佑真はその中に押し込められた。もう平気だと思うが、人見が心配そうなので横になる。

「俺の言っている話、分かってくれた？」

正座しながら佑真を覗き込み、人見が聞く。佑真は失神する前に見たスライムのお化けを思い出した。ゾッとするような気持ち悪いような、独特な感覚だ。頭が拒否して、深く考えられない。あんなものが実在していたなんて。

「あ、ああ……。妖怪専門旅館で働くＶＲゲームをしている気持ちになればいいんだな」

佑真は理解しやすい範囲で考えてみようとした。まともに考えるから、混乱するのだ。妄想ならお得意だし、妖怪の漫画やアニメもたくさん知っている。そこに自分を当てはめればいいだけだ。

「VR……？」

今度は人見のほうが怪訝そうになっている。

「佑真は接客を一切しなくていいから。厨房から出なくていいし、危ない目には遭わないようにする。さっきのわー坊みたいに話しかけてくるのがいても、無視してね」

「わー坊って、何だったの？」

妖怪というこれまで架空の存在だったものへの受け入れがまだできず、佑真はどうでもいい質問をした。

「あれは俺が勝手に呼んでるあだ名。男の子の童《わらし》の霊はわー坊、女の子はわー子って呼んでる」

かすかに頬を赤らめ、人見が言う。童の『わ』だったとは……人見にネーミングセンスはないようだ。あの男の子は佑真を沼に引きずり込もうとした。気を抜くととんでもない目に遭う輩がここにはたくさんいるということだ。実は危険な職場なのではないだろうか。昨日は別の意味でブラックな職場だと思ったが、今日は別の意味で危険を感じる。

（人見はそういう世界で生きてきたのか。だから少し他の人と違ってたんだな）

職場でも飲み会の席でも、人見は浮世離れしていると言う人が多かったが、それはこれまで過ごしてきた境遇が特殊だったからなのだ。

（うん、でもちょっと萌える。いや、だいぶ萌える。人見って本当に漫画の主人公みたいな男だよ

なぁ。妖怪相手にびびりもせず、淡々と接客をこなすところは、主人公っぽい）

人見の過去を妄想し始めたら、顔がにやついてきて、それを抑えるのに必死になった。東京に帰ると言うのは簡単だが、この異質な世界で人見をもっと堪能したくなった。一生困らないくらいの人見の萌えエピソードがここにはある気がする。

「慣れるまで時間がかかると思うが、努力するよ」

佑真はニコッと笑って言った。すると人見がぶるぶると身体を震わせ、佑真を抱きしめてきた。人見の顔が赤くて、感激しているのが抱きしめられた肌越しに伝わってくる。どうして急にテンションが上がったのか分からず、佑真は目を点にした。

「……よかった、帰るって言いだされると思ってた」

人見は佑真の両頬を手で包み込み、強引に口づけてきた。突然の接吻でびっくりして、手足が硬直する。人見は佑真に嫌われるのを恐れていたらしい。来て翌日で帰るなんて、交通費がもったいなくてできない。そう言おうかと思ったが、場の空気が甘ったるいものだったので、黙っておいた。たぶん、今はそのセリフを言うタイミングじゃない。

「ん……」

やっと人見が唇を離してくれて、佑真は無性に照れくさくなって布団を引き上げた。

「仕事、あるんだろ。俺も少し休んだら夕食の準備するから」

人見とキスするのはまだ慣れない。照れ隠しで寝返りを打つ。

「今夜はラーメンでも作るから、佑真は寝ていていいよ」

人見が嬉しそうに言って、佑真の髪を撫でていく。去り際に、髪にキスされて「ひえっ」と変な声が上がってしまった。こういう些細なしぐさを自分じゃなく、別の可愛い女の子相手にやってくれたら萌え死ねるのに。

（それにしても妖怪かー。あんなスライムもどきの生物がいたとはなぁ）

天井を見上げ、二階ではスライム同士が憩っているのかと奇異に感じた。深く考えるのはやめようと、佑真は目を閉じた。


気づいたら数時間眠ってしまい、起きた時には、夜八時を回っていた。布団から這い出て、乱れた髪を直しつつ、バックヤードに向かう。失礼しますと声をかけて入ると、テーブルに肘をついてテレビを見ていた都が振り返る。

「あ、佑真君」

バックヤードのテーブルには食べ終えたカップラーメンの器が重なっている。部屋には都と女将だけだった。人見は客に呼ばれて二階へ上がっているそうだ。ラーメンを作るというから鍋を使って作ると思っていたのだが、カップ麺《めん》だったとは……。

「失神しちゃったんだって？　でもこんなすぐに視えるようになるなんて、素質あるよー。私の友人は半年くらいバイトしてくれたけど、最後まで視えなかったよ？　客がいないのに、どうして潰れないんだって不思議がってたな」

都はお煎餅《せんべい》を齧《かじ》りながら笑う。

「まぁこの子、特別だからね。こんな綺麗な子、見たことないし」

女将が含み笑いをして言う。

「綺麗……？」

誰の話をしているのだろうと、佑真はきょろきょろした。

「俺はいたってふつうの地味めな顔ですが」

そういえば女将は最初に会った時も佑真を上玉と言っていた。どういう勘違いをしているのだろうと佑真は眉根を寄せる。

「顔の話はしてないよ。あんたの顔は、十人並み。見りゃ、分かるよ」

女将がけらけら笑う。叔母がこんな感じで笑う人だった。気はいいが、がさつではすっぱな人。人見が女将をきつくいいと称したのが分かる気がする。

「あんたの魂の話をしてるのさ」

女将にしたり顔で言われ、ますます困惑した。魂……。妖怪専門旅館というのは、どうにか頭の中で変換することはできたが、魂云々という話にはついていけない。

「はぁ……」

気のない返事をすると、女将がおかしそうに都を肘で突く。

「この子、たぶん嘘がつけないよ。都、試しに困るようなこと言ってみな」

女将に明るく言われ、佑真はドキリとして身を引いた。確かに佑真は嘘がつけない。何でそれが女将にすぐばれたのだろう。

「えー。じゃあ、私の印象ってどう？　恋愛相手としては？」

都が期待を込めて聞いてくる。

「印象……。目が大きくて可愛い系の女性ですね。恋愛相手としては年上すぎて無理です」

ついぽろりと本音を出すと、都が膨れっ面になり、女将がテーブルを叩いて笑いだした。しまった。まだ都の年齢を知らないのに、予測で言ってしまった。

「私、まだ三十二歳だし！」

都は怒りを露わにして、煎餅を噛み砕く。予想通りの年齢だったとは言いづらく、佑真は冷や汗を流した。

「ほらね。この子、本音と建前が同じになっちゃう子なんだよ。だから魂が綺麗に光ってる。あんた、それじゃ都会じゃ生きづらいだろ」

「あ、はぁ……まぁ……」

女将の視線が急に恐ろしくなり、佑真は身を引いた。この女将、何が視えているんだろう。そういえば人見も何か変な発言をしていた気がする。この親子には、普通の人には視えない何か特別な証しが視えるのだろうか？

「佑真君も、カップ麺食べる？　たくさんあるよ」

都は怒りを引きずらないタイプなのか、ころりと笑顔になって段ボール箱を開けて見せる。中には大量のカップ麺が入っていた。シーフード系のカップ麺を取り出し、ストーブの上で湯気を立てているやかんから湯を注ぐ。

麺を啜り始めた頃、人見が戻ってきて「客の一人が障子を破いた」と疲れた様子で呟いた。

「佑真、もう大丈夫なの？」

人見に心配そうに言われ、佑真はもぐもぐしながら頷いた。

「ところで皆さん、ああいう妖怪相手にして、危険はないのですか？」

ふと気になって切り出すと、女将と人見、都が顔を見合わせる。

「もう慣れちゃったかな。うちの家系がこの旅館を守っていくっていうのが、昔からの決まりみたいなものだから」

都が肩をすくめて言う。なるほど。妖怪を接待する一族なのだな。ありがちな設定だ。

「蓮が嫁候補を連れてきたんだから、都もそろそろいい人見つけなさいよ。このままじゃ、後継者不足で潰れるよ」

女将が目を吊り上げて都に言う。後継者不足もあるなんて、先の見通しがよくないようだ。

「もううるさいな、母さんは。私だって、いろいろあるのよ！」

都がイライラした口調で言う。

「アタシくらいしか、うるさく言う人がいないだろ！」

結婚は都と女将の間で、ナーバスな問題らしい。

「あの、俺は嫁候補というより、社員枠で考えてくれると……」

小声で口を挟んだが、佑真の発言は無視され、都と女将の口喧嘩が始まった。女性の口喧嘩には関わってはならないというのが鈴木家の家訓だ。急いでカップ麺を食べ終え、人見と一緒にバックヤードを出た。

「ごめんね。あの二人、気が合いすぎてしょっちゅうああなんだ」

人見は家族の恥部を見られて恥ずかしいのか、両手で顔を覆っている。喧嘩するほど仲がいい家族なのだ。いいじゃないか、と佑真は人見の背中を叩いた。

「ちょっと掃除するよ」

人見はロビーの床の汚れが気になったように、モップを取り出して掃除を始める。よく見ると、あのスライムが通った跡が残っている。少しねばつく液体だ。

「あの妖怪……何ていうの？」

佑真の知っている妖怪は、ろくろ首とか河童とかありふれたものばかりだ。

「宿帳には名前を記載してもらうんだけど、俺も読めないんだ。父さんは妖怪にくわしかったんだけどね。難しい発音とかあって。彼らはこの旅館の温泉に入るのが目的で、今頃大浴場はスライムでびっしり埋まってると思うよ。何でもここの湯は、滋養強壮、疲労回復、怪我なんかもすぐ治るんだって」

「妖怪も疲れたり、怪我したりするのか」

感慨深くなって、佑真はモップをかける人見を眺めていた。イケメンが掃除している姿はなかなかいい。時々ちらりと見える、腕の筋張った感じが萌える。

「……あのさぁ、俺、子ども産めないし、たとえ俺が結婚を決意しても、後継者不足解消しないんじゃないか？」

もくもくと掃除する人見を見ていたら、ふともやもやした気持ちが湧き起こり、口にしていた。人見という推しと別れたくなくて、ここまで来てしまったが、この状況は気を持たせるだけ持たせて、人見の貴重な時間を潰しているのではないかと気になった。女将と都の言い争いを聞いている限り、女将は孫を望んでいる。そんな女将がどうして佑真につらく当たらないのか謎だが、先々のことを考えると、自分は不適合ではないかと気になった。

「えっ。そういう心配はしなくていいよ。後継者は姉さんにがんばってもらえばいいし」

人見が驚いたように言い、モップをしまって近づいてきた。今の言い方は弟っぽいなと佑真は笑った。

「あのね、佑真。俺、東京には三年くらいいたんだけど」

佑真の手を取って、人見がロビーの隅っこに移動する。人見は大学を卒業した後この旅館で働いていたのだそうだが、女将から嫁探しをしろと言われて東京の有名ホテルに二年ほど勤めていたらしい。その後、旅行会社で一年働いていたので、三年ほど東京にいたそうだ。

「学校、ずっとこっちだったのか？　小学校一緒だったよな？」

過去の記憶を頭から引っ張り出し、佑真は首をかしげた。佑真の実家は神奈川《かながわ》県だ。ということは、その頃、人見も神奈川にいたはずだ。

「妖怪関係で危ない目に遭って、小学校の間は、ここと離れて暮らそうってことになって、父さんと一緒に神奈川に住んでいたんだ。中学校から大学まではずっとこっち」

「そうかー。すまない、俺、小学校の時の人見の記憶あまりなくて。顔の綺麗な男の子がいたなというのは覚えているんだが」

佑真は悔しい思いを滲ませて言った。あの頃はまだ子どもで、美形に対する興味も今ほど熱くなかった。

「俺、小学校の頃はシャイだったからね。佑真の傍にくっついているだけで精一杯だったし。中学校は地元に戻るっていうのも言えないくらい」

頬を赤らめて人見が言う。

「そうなんだ。でも学校ではモテただろ？　モテエピソード聞きたいなぁ」

うっとりして佑真が言うと、人見ががっくりと肩を落とす。

「うーん……。確かに告白はよくされたし、合コンとかしょっちゅう引っ張り出されてた。俺が言いたいのはそういうことじゃなくて、つまり、長い間色んな人を見てきたけど、佑真ほど惹かれる相手はいなかったってこと」

真剣な口ぶりで、手を握られて、佑真は「えっ」と眉を顰めた。

「正気で言ってるのか？　俺は中の下の人間だぞ？」

「だからそれ、分かんないって。俺にとって、佑真は上の上、特上だよ」

力説されても、乾いた笑いしか浮かばない。

「俺の家が特殊なのは、もう理解してるよね？」

人見が困ったように天井を仰ぐ。

「俺には人間が、ふつうとは違って見えるの。簡単に言うと、これまで嘘ついた数で黒くよどんで見える」

「えっ⁉」

思いがけない一言で、佑真は大声を上げた。先ほど女将も何故か佑真が嘘をつけない人物だと見抜いていた。まさか、人見にも似たような能力が？

「そ、そういえば、花井さんを腹黒って言ってたよな……？」

これまでの人見の発言が走馬灯のように蘇り、佑真は身体を強張らせた。

「うん。彼女、息をするように嘘をつくから、真っ黒で怖かった。大なり小なり、皆、薄汚れてる。でも佑真は違う。佑真はぜんぜん汚れてないどころか、きらきら光ってるよ」

照れながら人見に言われ、佑真は愕然として膝を折った。

「も、もしかして本当に、お前、俺が好きなのか……⁉」

今さらながらあらゆるものが腑に落ちて、佑真は声を震わせた。

「だから最初から言ってる。そうでなきゃ結婚申し込まないでしょう？」

少し怒ったように言われ、身体を引っ張り上げられた。佑真は頭が真っ白になって固まった。人見から好意を持たれているのは自覚していたが、その理由がいまいち分からなかったので半信半疑だったのだ。嘘をつかないことで自分が光っていたとしたら、人見の目につくのは当然だ。人見が自分を好きになるのも。これまで何の気の迷いかと思っていたが、しっかりした理由を提示されて、全身が赤くなった。

「ひー、わー、わー!!」

突然の告白に変な声が飛び出てしまい、人見がぎょっとする。自分は今、耳まで赤くなっているだろう。だって、人見が、本当に、俺を。

「ちょっと、ちょっと待って。手、離して。マジで恥ずかしい」

人見と手を握っているのも恥ずかしくなり、佑真は繋がった手をぶんぶんと振り回した。嘘をつけないのは自分にとってマイナスになりこそすれ、プラスになることなどないと思っていた。これでは自分は、ふつうではいられない。ふつうじゃない自分になってしまう。人見の目には今まで自分はどう見えていたのだろうと、穴があったら入りたい気分に駆られた。

「え、いや、放さないでしょ。佑真、真っ赤で可愛いし」

人見が戸惑いつつ、しっかり手を握る。

「おまっ、マジでっ、俺をっ」

これまで話半分で聞いていた話が、すべて本当だったなんて。嬉しいのか怖いのか、恥ずかしいのか、訳が分からなくてパニックになる。頭が沸騰しそうなほど、熱い。

「佑真って本当に変わってるよね。やっと、分かってくれたってこと? 俺は嘘は言ってないよ。だから小学校の時も仲良くなりたくてよく話しかけてたでしょう? あの頃から好きだったかもなぁ。前も言ったけど、東京のホテルで働いて、母さんから嫁が見つからないなら人手不足だから戻ってこいって言われて、本当は帰るつもりだったんだ。でも旅行会社で佑真を見つけちゃって。それで、もう絶対この子と結婚するって決意して、中途採用枠に滑り込んだ。恋のパワーってすごいね。我ながら、引くよ。まぁその後、俺からしたら佑真にアプローチをかけていたつもりだったんだけど、ぜんぜん気づかれる様子はなく」

「そういうことだったのか！」

佑真は赤くなりすぎて、目を潤ませながら叫んだ。

「ひぃいいい。もう、もう……。妖怪見た時より、衝撃……」

数々の裏話を聞かされ、頭から湯気が立ちそうなほど熱を帯びた。気の迷いではなかった。人見は本当に自分を好きで、結婚を申し込んでいる。

「えーと、だから、話は戻るけど、子どもがどうのとかどうでもいいから。俺は佑真と死ぬまで一緒にいれたら嬉しい、です」

かすかに紅潮した頬で、人見が優しく囁く。頭がぼうっとして、足ががくがくする。少し一人になって考えたい。ふつうの枠で人生を終えると思っていたのに、こんなふうにふつうの枠からはみ出すとは思いもしなかった。

信じられないが、今、自分は物語の主人公になっている。

いきなり当てられたスポットライトが眩しすぎて、佑真はどうしていいか戸惑うばかりだった。

スライムの客は四日目の昼頃、ぶよんぶよんという変な音を立てながら帰っていった。帰った後、大浴場を見てみると、床のタイルや浴槽にねっとりとした液体がこびりついていた。これから女将と都と人見の三人がかりで風呂掃除をするらしい。佑真も手伝おうかと申し出たが、それよりも美味しい夕食を作ってくれたほうが嬉しいと言われた。

佑真は午前中いっぱい厨房の床掃除に励んだ。あらかた掃除がすみ、あとは床を綺麗にすれば、とりあえず終了だ。料理器具はすべて綺麗にして、元の場所に戻した。これで見た感じ、まともな厨房になった。その後は賞味期限切れの食材を一気に捨て、冷蔵庫とストック棚はすっきりした。骨折で休職中の岡山はこまめな性格ではないのか、けっこう賞味期限切れのものが多かった。足りない分をメモにまとめ、後で発注しなければならない。この山奥まで廃棄物収集業者の車はやってこられないので、ゴミ出しは車で麓《ふもと》まで下りて出さなければならない。

「ずいぶん綺麗になったじゃないか」

昼食用の蕎麦《そば》を茹でていると、女将が疲れた様子でやってきて、顔をほころばせた。

「お茶でも淹れましょうか」

風呂掃除でくたくたの様子だったので、やかんを火にかけながら言う。

「頼むよ。あと、今夜来る客は甘いものに目がなくてね。何か作ってくれないかい？」

女将に頼まれ、佑真は考え込んだ。

本来なら何の免許も持っていない佑真には、客に出すものは作れない。けれど相手は妖怪だ。

「饅頭《まんじゅう》くらいなら作れますが。餡子《あんこ》があったし」

佑真が薄力粉を取り出して言うと、女将が笑顔になる。

「いいね、アタシの分もよろしく。数はそうだね、二十個くらいでいいよ」

思ったより数が多いので怯んだが、佑真は分かりましたと頷いた。

(妖怪の味覚ってどうなんだろ……)

女将が去っていった後、佑真はボールに入れた粉を混ぜながら悩んだ。女将も食べるのだし、人間相手と同じさじ加減でいいだろうと、生地を作る。餡子の缶詰めがあったので、生地で丸めて蒸かせばいいだけだから簡単だ。蒸かし器が一つしか見つからないので、何度かに分けて蒸かし続けなければならない。

饅頭を蒸かしている間、ぼうっとしていると、ついつい先日の人見の告白が頭の中で再生される。思い出すだけで無性にそわそわして、落ち着かない。あれから人見と会うたび、ぎくしゃくして挨拶している。

「あ、饅頭作ってるの?」

蒸かし終えて皿に饅頭を取り出していると、厨房に人見が姿を現した。いつも見ているのに、どきりとしてしまい、顔が熱くなった。

「あ、うん。女将に頼まれて……。一個食べる?」

顔が熱いのは湯気のせいだと自分に言い聞かせ、佑真は答えた。人見が嬉しそうに隣に立って、皿に並んだ饅頭を覗き込む。ふと腕が当たって、佑真は無意識のうちに人見から離れた。すると人見が口元を手で覆う。

「な、何だ？」

何か言いたげにじっと見られ、佑真は目を合わせられないまま、引き攣った笑みを浮かべた。

「佑真って本当、変わってるね」

しみじみとした口調で言われ、佑真は戸惑った。変わっている……？

「この前から、急に俺のこと意識したよね」

ずばりと言われ、佑真は口から心臓が飛び出しそうだと思い、赤面した。

「そそそんなことは」

「その前もプロポーズしたり、キスしたりしたのに、その時はふつうで、昨日の告白で急に意識するのが変わってる。いや、俺はやっと意識してもらえて嬉しいけど」

人見が笑いをこらえるように言って、饅頭を一つ手に取る。まだ熱いのか、両手で交互に持ちながら、饅頭をぱくりと口に頰張った。

「出来立て、美味しい」

自分の作った饅頭を美味しそうに頰張る人見の笑顔に、胸が苦しいくらいきゅんとした。あれから赤面症になったのかと思うくらい、顔が熱い。

「やぁ……、たぶん、俺、お前の話、真面目に聞いてなかったのかも」

人見を見ているとさらに熱が上がりそうで、佑真は頰をごしごし擦りながら呟いた。

「ひどくない？」

ショックを受けたように人見が口をあんぐりする。

「だってお前は俺にとって、別次元の存在だったから」

味見しようと饅頭を一つ摑み、佑真はうつむきつつ言った。本当は人見の顔を見ていたいのだが、恥ずかしすぎて直視できない。これではまるで恋する乙女だ。

「同じ会社に通ってたよね？　え、どういう意味？　俺、二次元にいたの？」

「ある意味、そうだよ」

佑真の発言が理解できないようで、人見は面食らっている。きっと人見には分からないだろう。自分にとって人見は近くにいても、テレビに出てくる芸能人みたいな存在だったのだ。好きと言われてもピンとこなかったし、何かの気の迷い、時間の経過で消えていく一時の過ちだと思っていた。それが他の人とは違う見え方をすると聞かされ、人見の気持ちが本物だと知った。

あの時、突然人見と自分は同じ世界に生きているのだと自覚したのだ。

「すまない。お前といるとドキドキして手につかないから、食べ終えたらどっか行ってくれないか？」

真顔で言うと、人見が額を手で押さえて、大きくのけ反る。人見が変な顔をしている。笑うのを我慢しているような顔だ。

「分かった。あのさ、来週の日曜は俺も休みだから、どっか行かない？　いいところ、案内したいし」

人見がくるりと背中を向けて言う。確かにまだこの辺りに不案内だ。山に入ったら、きっと迷子になる。

「ああ。頼む」

「じゃ、決まりだ。デートしよう」

「デッ」

まさかデートだったとは思いもよらず、声がひっくり返ってしまった。人見が再びこちらに向き直り、長い腕を伸ばしてぎゅーっと抱きしめてくる。人見の匂いを嗅いで、またカッカと顔が火照ってきた。

「じゃあ行くね」

じたばたしていると人見が手を離し、さわやかな笑顔で厨房を去っていった。人見がいなくなるとホッとしたような寂しいような変な気分になった。まずい。感情が定まらない。

（俺、今までよくあいつとご飯とか行けてたな）

これまでどうして平然と自分が傍にいられたのか分からなくなり、頭の中が人見でいっぱいになった。必死に頭から人見を追い出し、饅頭作りに励む。二十個と言われていたが、念のため多めに作っておこうと手を動かした。

（今までは……テレビの中にいる相手のような気分で人見を見ていたからな……。だから平気でうっとり眺められたんだ。それが同じ場所にいると気づいてしまったら、うっとりなんて眺められない）

本当は人見の美しい顔を見ていたいのに、自分も見られていると思うだけで、平常ではいられない。こんな気持ちになるなんて、夢にも思わなかった。

心が浮ついていたせいか、気づいたら大量の饅頭を作っていた。日持ちしないが、どうせだからと全部蒸し器に並べて蒸かした。ふと視線を感じて後ろを見ると、いつの間にか小さな女の子が立っていた。七、八歳のおかっぱ頭に赤い着物姿の子だ。

（あっ、やべ。わー子か⁉）

現代にはそぐわない格好に、また妖怪が出たと察した。人見からは見かけても無視しろと言われていたが、油断していたので、しっかり凝視してしまった。

『それほしい』

女の子が饅頭を指さして言う。あどけない顔でねだられ、佑真はどうしようとうろたえた。あげていいのだろうか？

『……駄目？』

しょぼんとした様子で言われ、胸がちくちくして佑真は饅頭を一つ手に取った。

「どうぞ」

まずいかもしれないと思いつつ、女の子に饅頭をあげた。女の子はパッと顔を輝かせ、饅頭を両手で持って走って去っていった。

（ん？　ひょっとして今の人間……？　やっぱ、妖怪？　違いが分からん。はっきりくっきり見えるんだよなぁ）

少し気になったが、後で人見に聞けばいいと思い、残りの饅頭を蒸かし続けた。

七星荘に来て十日が経ち、佑真は徐々にこの環境に馴染んでいった。少人数で働いているせいか、人間関係のストレスがないのが佑真にとって有り難かった。女将はぶっきらぼうな口の利き方だが悪い人ではないし、都は優しく、人見は常に気遣ってくれる。仕事も好きな料理を作っているだけでお金がもらえるという佑真にとって楽な職場だった。この調子なら東京のアパートは退去していいかもという気になってきた。

「佑真君、ごめん。運ぶの手伝って」

その日は人見が食材の買い出しに行っていて、都から手招きされて中庭に出た。男手が足りないので重い荷物を運んでほしいそうだ。何に使うのかさっぱり分からないが、一メートルくらいの長さに切った竹を十本、宴会場に運んでほしいと頼まれる。一度に運ぶのは無理だったので、数本の竹を肩に担いで二階の宴会場に行くと、奥にあるお座敷で和装の男性が五名、花札をやっている。

「ひっ」

つい声を上げてしまったのは、人間のような格好をしているのに、それぞれ動物の頭部が乗っていたせいだ。佑真の声に気づいてぐるりと振り返った顔は、どう見ても虎だ。牙の生えた顔でにやりと笑い、近づいてくる。

「こ、ここに置いておきますね」

運んだ竹を宴会場の隅に置くと、虎の顔をした男が素早く駆けてきて、佑真の肩を摑む。

『新人かい。可愛いね、君』

虎の顔からしわがれた人間の声が出てきて、違和感この上ない。早々に立ち去ろうと思ったが、もう一人の今度は鳥の頭が乗った男がやってきて、佑真を覗き込む。

『ほほぉ。これはなかなか』

『味見させてくれ』

鳥頭の男と虎頭の男が迫ってきて、長い舌で佑真の頬を舐め回す。長い舌は一つの生き物みたいに、頬から首、鎖骨、そして作務衣の中に潜り込んできた。ぞぞぞっと背筋が凍り、佑真は青ざめて宴会場を飛び出した。背中に笑い声を聞きながら、階段を駆け下りる。

ふらふらしながら厨房に戻ろうとすると、ちょうど帰宅した人見とかち合った。人見は佑真の顔を見るなり、サッと顔を強張らせ、ハンカチで頬を拭いた。

「佑真、内風呂使ってきて。今すぐ」

人見に険しい形相で命じられ、佑真は無言で頷いた。舐められたところが気持ち悪いので、洗い流したいと思ったところだ。

「佑真には接客させないでくれって言ったよね」

浴室に行く途中で、廊下の奥で人見が女将と都を叱っているのが見えた。気になってそっと窺うと、人見が聞いたことのないような冷たい声を出している。人見が静かに深く怒っているのが分かり、佑真は鼓動が速まった。

「ご、ごめん。蓮。怒らないで」

都が顔を引き攣らせて、両手を合わせている。女将は何か言い訳しているようだ。本気で怒っている人見は近寄り難く、佑真はドキドキしながら浴室に急いだ。

（はー。人見マジモードで怒ってたな。っていうか、何で一目見て接客したって分かったんだろう）

浴室で鏡を見て、その理由が判明した。舐められた場所が青くなっていたのだ。あの虎頭の妖怪の舌はどうなっているのだろう。悲鳴を上げながら石鹸《せっけん》で汚れを落とす。幸い石鹸で落ちる汚れだったので、ホッとした。

人見が釘を刺してくれたおかげで、その後は接客を頼まれることはなかった。

とはいえ、首がにゅーっと伸びる着物の女性が来た時は、悲鳴を抑えるのが精一杯だったし、顔に一つしか目がない妖怪がやってきた時は、意識が遠のきそうになった。平気で接客している人見一家は尊敬に値する。彼らは本当に慣れているらしく、全身毛むくじゃらの獣が二足歩行で来ても驚かないし、真っ黒な影みたいな団体客が来ても、ちゃんと対応している。

佑真は厨房にいて、時々客用の甘いものを作ったりするだけなので、どうにか仕事をこなしているが、もし接客を頼まれていたらすぐに逃げ出していただろう。

（なんか、言いそびれちゃったな）

佑真にはひそかに気になっていることがある。饅頭をあげた女の子の妖怪が、時々やってきて甘いおやつをねだってくるのだ。まずいかなと思いつつ、客用の大学芋の余りや、シフォンケーキの切れ端をあげたりしている。今のところ、甘いものをあげると去ってくれるので、人見には報告しないでいる。そのうち言おうと思っていたのだが、人見は妖怪と関わってほしくないと思っているようなので言いだしづらくなってしまったのだ。

「明日、岡山さんが戻ってくるから」

その日の朝ミーティングで、女将がにこやかに言った。骨折で休んでいた岡山が、やっと職場復帰するのだ。佑真としても、正式な料理人が来てくれないと、飲食店で働いた日数にカウントされないので願ったり叶ったりだ。

「岡山さんってどんな人なんですか？」

気になって女将と都の顔を見ながら聞くと、皆が苦笑した。

「一言で言うと昭和の人って感じかな」

都が微笑んで言う。頑固一徹みたいな人間だろうかと想像を巡らせ、礼儀正しく接しなければと肝に銘じる。

「母さん。何で、この客の予定が入ってるんだよ。出禁にしてくれって言っただろ？」

今月の予定客のリストを見ていた人見が、不穏な雰囲気を漂わせている。どうやら人見にとって気に入らない客の名前があったようで、珍しく険しい形相だ。

「どうしてもって頼まれたんだよ。倍額でもいいっていうからさ」

「勝手に決めないでくれよ」

女将と人見が険悪なムードで睨み合う。

「今から断って」

人見が椅子から立ち上がって、女将に怖い顔で迫る。

「今さら無理だよ。予約金ももらったしさ。ちょっと我慢してくれればいいだろ！」

人見は大声を出さないが、女将は反論するうちにヒートアップしてきたのか、声高になっていく。前回大変だったと言う人見と、もう決めたと拒否する女将で、激しく言い合いが始まった。どんな客も平然と対応している人見が難色を示すくらいだから、あまり質のいい客ではないのだろう。口を挟んでいいか分からなかったので、はらはらしながら見守った。

「うるさいね！　女将のアタシが受け入れると決めたんだよ！　そんなに言うなら、接客は都とアタシがやるからいいだろ！」

女将がキンキン声で怒鳴り、テーブルを叩く。結構すごい音が出て、ドキッとした。前から気になっていたが、女将はわりと物に当たるタイプだ。怒るとすぐドアを蹴ったり、テーブルを叩いたりする。

「姉さんにやらせられないだろ、それくらい分かってるくせに」

人見は負けじと女将を睨みつける。人見は怒る時、大きな声は出すものの、物に当たる気配はない。物に当たるタイプは苦手なので、そういうところも好ましい。

結局互いに主張を譲らず、都の「仕事の時間」の一言で喧嘩はお開きとなった。

「……そんなに嫌な客なのか？」

女将と都がバックヤードを出ていった後、佑真は気になって人見に話しかけた。人見は大きなため息をこぼし、前髪をがりがりと掻く。

「ごめん。嫌なとこ見せちゃって。……前回すごい迷惑をかけてきた客なんだ。人間でいうセクハラ的な」

「それは嫌だな！」

佑真が眉を顰めると、人見がちょっとだけ表情を和らげた。

「佑真は絶対に見つからないようにしなきゃな……。憂鬱だ」

人見は思い詰めた表情で呟く。気になったが、宿泊客リストを見ても見たことのない漢字が並んでいて、どれが要注意妖怪か見当もつかなかった。今月の客らしいが……。

「お兄さん、まだ続いてるんですね」

火曜日になると大和が軽トラックでやってきて、野菜の販売をしてくれる。大和はすぐに佑真が辞めると思っていたようで、驚いていた。

「それに、めっちゃ肌つやつやしてないっすか？」

野菜の入った段ボール箱を開けながら、大和は目を丸くしている。そうなのだ。宿の温泉が肌に合うのか、ここに来てからお肌がつるつるになった。特に意識したことはなかったが、肌の調子がいいと鏡の自分も明るく見えると気づいた。

「ところで前いたじいさん、どうしたんです？」

野菜の会計をしている最中に聞かれ、佑真は岡山なら明日から復帰すると答えた。

「あ、死んだのかと思ったけど、入院してたんだ？　できたらお兄さんが買い付けやって下さいよ。あのじいさん相手じゃ大変だから。すぐ値切ろうとするし。うちの野菜、安くて美味しいって有名ですよ？」

大和は岡山が苦手らしく、会計をすませると拝むようにして言われた。厳めしい感じの人らしいので、今時の若者である大和は苦手なのだろう。

「たぶん、そうなると思うけど」

大和と気さくに会話をしながら、佑真は辺りをきょろきょろ見回して声を潜めた。

「あのさ、この前お化け屋敷って言ってたけど、地元の人はここを煙たがってるのかな？」

人見の前では聞けないが、大和が漏らしていた言葉が気になっていた。地元に人に煙たがられている旅館だとしたら、悪い噂は払拭するように努めたいと思ったのだ。

「あー……。ほら、ここただでさえ、人が来ないし。変なもの視たって言うじじばばがいるんでね。俺もちょっと怪しい団体さん、視ちゃったし」

大和も声を落として、佑真の耳元で話す。

「煙たがっているっていうか、畏れてる？　って感じっす」

大和は鼻を擦って笑う。偶然、厨房の裏口から都が出てきて、話し込んでいる佑真と大和に気づいてぺこりと頭を下げた。

「佑真君、買い付け終わったら、こっちよろしくね」

にこりと笑って都が中に戻っていく。それを大和が興味深げに見ているのに気づき、佑真は「彼女、独身だけど」と言い添える。

「えっ、や、そーゆーんじゃないけど……彼女、綺麗っすよね。ここんちの姉弟は美形、ってのは皆言ってるっす」

照れくさそうに大和が頭を掻く。

「そうだよな、弟なんかすごいイケメンなんだよ。町で評判の美形姉弟だろ？」

人見の美しさを共感したくて佑真が意気込むと、あまり人見には興味がなかったのか、大和は相《あい》槌《づち》すら打ってくれなかった。

「ここんちの姉弟は魔物に魅入られているって、ばあちゃんが言ってました」

大和は帽子を目深に被り直して、軽トラックに乗り込んだ。軽く手を上げて大和が去っていき、佑真はがっかりして買い付けた野菜を中に運んだ。大和ともっと人見の美しさについて語りたかったのだが、残念だ。どうやら妖怪専門旅館というのもあって、地元の人たちはここを畏れているようだ。はっきり分からなくても、怪しい気配は感じるものだろう。

「ねぇねぇ、大和君、私のことなんか言ってた？」

厨房に戻ると、都が近づいてきて目を輝かせた。

「綺麗だって言ってました。気があるなら、とりもちますが」

野菜をそれぞれの場所にしまいながら言うと、褒められて都が嬉しそうに身体をくねらせている。とても魔物に魅入られているようには見えない。

「気があるとかないとかじゃないの。若い男としゃべりたい！　出会いがないのよ！　妖怪しか来ないんだもの！」

都は地団駄を踏んで、熱く訴える。確かに家族経営じゃ、年頃の女性は出会いが足りない。女将に結婚を催促されても、こんな場所じゃどうにもならない。

「都さん、顔は綺麗なので、人の多い場所に行けば、お相手はすぐ見つかるのでは？　まさか都さ

ん も、嘘をついている人間は黒く見えるとか？」

夕食用の玉葱を剝きながら聞くと、都が料理台に背中をもたれさせて、ため息をこぼす。

「ううん。私はそういう能力はないの。私はね、人混みに出ると倒れちゃうという厄介な体質なだけ。これのせいで祭りも行けないし、東京に行った時は、ほぼ寝込んで使い物にならなかった」

遠くを見つめて、都が乾いた笑いを漏らす。

「それは……ご愁傷さまです」

「ああ、どこかのいい男がこの山に迷い込んで、私を見初めてくれないかしら」

切ないため息を吐きながら、都が仕事に戻っていった。顔が綺麗でも特異体質を持っていると人生は上手くいかないものらしい。都に同情しつつ、佑真は玉葱のみじん切りにとりかかった。


次の日の正午、女将が車で病院に迎えに行き、岡山を乗せて七星荘に戻ってきた。これから厨房でずっと顔を合わせる仕事仲間だ。佑真は緊張して出迎えた。

「長らくお休みさせていただき、誠に申し訳ない……」

車を降りるなり、深々と頭を下げたのは、御年八十歳のおじいちゃんだった。白髪を五分刈りにして、足元も杖を突いておぼつかない。

（昭和の人ってそういう……!!）

想像していた厳しい感じの料理人ではなく、リタイア間近の老人にしか見えなかった。不謹慎ながらあと二年持つのだろうかと不安になった。資格を得るためには、二年は上司として働いてもらわねばならないのだが。

「君が佑真君かぁ。よろしくなぁー」

かくかくした動きで佑真と握手を交わし、岡山が杖を突きながら厨房に向かう。岡山が戻ってきたので、今夜から料理を出すらしく、佑真も期待して傍についた。

「おおー。綺麗になっとるじゃないかぁー」

岡山は厨房が綺麗になっているのを喜び、白いコックコートに着替えた。制服を着ると気分が違うのか、杖なしでも動けるようになり、大きな鍋で豚汁を作り始めた。さすがというべきか、野菜の切り方や調理方法は無駄がなく、長年料理人だっただけのテクニックはある。

「あの、冷凍庫にあった豚なんですけど」

岡山が来たら聞こうと思っていたので、吊るされた豚は冷凍庫に保存したままだ。

「俺、丸ごとを扱ったことがなくて。どうやって切り分けるんですか？」

肉料理を作りたくても、豚のさばき方が分からず、手をつけられなかった。佑真の疑問に岡山は笑って答えた。

「あれは丸ごと焼く用のだから」

冷凍庫に保存されていた豚は、中に塩や野菜、ハーブを詰め込んで厨房の裏手で丸ごと焼くのだそうだ。豚の丸焼きが好きな客がいて、その客が来る時に使うらしい。腿辺りを切り取って料理に使おうかと考えていたので、うっかり切り取らなくてよかったと胸を撫で下ろした。

「さばく場合は、こうこう、こうだよ」

冷凍庫に吊るされていた豚の前で、岡山が包丁で切り分ける部位を教えてくれた。骨に合わせて切るといいらしい。岡山は年配の人間だが、質問には丁寧に答えてくれるし、技は盗めとか見て覚えろと言う昔気質の料理人ではなかった。これならやっていけそうだった。

(妖怪旅館だったっていうイレギュラーはあったけど、その他は順調じゃないか。何より人間関係で居心地いい職場は初めてだ)

岡山について野菜を切ったり魚を焼いたりしながら、佑真は日々を楽しく過ごしていた。これまでいくつものバイトをしたし、旅行会社にも勤めたが、必ずある人間関係のトラブルがここでは今のところ何もない。こんな経験は初めてだ。

(本音しか吐けない俺が、こんなに順調に過ごせるなんて)

やってくる客が気持ち悪かったり、鳥肌が立つような恐ろしさだったりすることに目を瞑れば、肌はつるつるになるし、推しは格好いいし、いい職場だった。

あまりに順調だったので、すっかり忘れていたが、土曜日の夜に人見から「明日八時に車のとこで」と言われてデートの約束をしていたのだと思い出した。

(まずい！　着ていくものがない！)

部屋に戻り、スーツケースに入れていた服を全部取り出してみたが、地味でパッとしないものばかりだ。これまでは人見を引き立てるためにお洒落をする必要はないと思っていたが、明日はまともな格好で臨みたかった。一緒に並んでも恥ずかしくない格好、できれば人見に褒めてもらえるような格好――。

（うおおお、俺はどうしてこんな野暮ったい服しか持ってないんだぁ！）

部屋の中で一人、身悶えして悩みまくった。黒い服が多かったので、かろうじて持ってきていた白と青のノルディック柄のセーターと黒の細身のパンツを合わせる。住み込みだとこういう時に困るなぁとぼやきつつ、コートが汚れていないか確かめた。人見とデートと考えるだけで、無性に照れくさい。明日は平常心でいられるだろうか。

（結婚かぁ……）

明日のために早めに寝ておこうと布団に横たわり、佑真はスーツケースの奥にしまい込んである指輪ケースに思いを馳せた。

人見の家で働くと決めたものの、来る時は人見と結婚する気はあまりなかった。二年の間に人見も己の間違いに気づくだろうと勝手に思い込んでいたからだ。人見と自分ではあまりに差がありすぎて、恋愛関係になるはずなんてないと思っていた。だから指輪も返すつもりで持ってきた。

けれど人見が本当に自分を好きだと気づき、結婚についても考えるようになった。もちろん人見は大好きだし、あの顔を一生見ていられるなんて、素晴らしい栄誉とさえ思う。人見の家族も嫌いじゃないし、妖怪は怖いが、ここで働くのは嫌ではない。

（ただなぁ。俺が第三者だったら、俺と人見が結婚するのは嫌だな。人見にはもっと美人で気立てのいい女性か、運命の人的なオメガとくっついてほしいんだよなぁ）

ずっと人見をアイドルのように見つめてきたから、どうしても第三者的な視点を消し去れない。厄介な性質を持ってしまったものだ。

（俺と人見が結婚するとしたら……父さんと母さんは何て言うかな。母さんは人見があまりに美形でびっくりするだろうな。妹の陽菜《ひな》は惚れちゃうかも？　父さんはお嫁さんが欲しいみたいだったし、男だと難色を示すかもな。うーん。結婚って、現実味がない……）

あれこれ考えてみたが、すべてぼんやりしたものばかりで、いまいちリアルさに欠けていた。人見はよくプロポーズなどしたものだ。あの歳で、他に出会いがあるかもとか、まだ早いとかどうして考えないのだろうか。

布団に寝転がりながらスマホの画像を眺める。以前は不気味がられないようにと人見の写真は少ししか撮れなかったが、最近は本人が許してくれるので佑真のスマホには人見の写真がいっぱいだ。過去の写真を見ているうちに、アパートで録画したキスシーンの映像が出てきた。動画で録ったものの、恥ずかしくて一度も見ていない。意を決して布団の中に潜り込んで録画を再生する。

自分の顔は入らないようにと設定したつもりだが、動いているうちにずれたのか、自分の姿がばっちり入っている。画面の中で人見とキスしている自分を見て、佑真は声に出せない声を上げた。

（無理ぃ！　無理、無理、無理!!）

とても直視できる代物ではなかったので、すぐに再生ボタンを止めて、布団の中で悶え苦しんだ。人見は色っぽく格好いいのに、自分の十人並みの容姿が邪魔すぎる。

（無理だよ、人見と並ぶには……）

改めて客観視して、ますます人見には釣り合わないと自覚した。この上はどうやって人見の前から去るべきか。できれば人見の美しい顔をこれから先も見ていたいので、自分に興味をなくし、誰か別の美しい人とくっついてくれるのが理想だ。

「はぁ……何か疲れた」

布団に潜り込んでじたばたしていたので、汗を掻いてしまった。明日のために早く寝ようと、佑真は無理やり目を閉じた。

◆5　ベクトルの違い

翌日は久しぶりに青空が広がり、十二月にしては温かな陽気となった。今日は佑真も休日なので、岡山が朝食を作ってくれた。ご飯に焼き魚、豆腐に卵焼き、煮物という和朝食だ。人見は風呂掃除をしてから出かけるそうで、朝食の席にはいなかった。

「今日、出かけるんでしょ？　楽しんできてね」

都は含み笑いで佑真を小突いてくる。人見から何か聞いているのかもしれない。どういう顔をしていいか分からなかったので、ありがとうございますと頭を下げておいた。

八時少し前に車のところで待っていると、人見がマフラーを巻きながら駆けてきた。黒いハーフコートに抹茶色のニット、細身のデニムを穿いている。髪にワックスをつけているのか、いつもよりお洒落な印象だ。

「お待たせ。行こうか」

人見は上機嫌で４ＷＤの運転席に乗り込み、エンジンをかける。助手席に座り、佑真はうっとりと人見に見惚れながら「どこへ行くんだ？」と尋ねた。

「まだこっちに来て、どこも見てないだろ？　高知の有名な観光地に連れていきたいと思って。近いとこで楽しむなら白山洞門《はくさんどうもん》とか足摺岬《あしずりみさき》も考えたんだけどね。高知城にした。お城好きだって、前に聞いたから。それにたまには人のいるところへ行きたいでしょう？」

人見が笑顔で車を発進させる。

「そうだな。それは嬉しい。高知城は初めてだ」

シートベルトを締めながら、佑真も笑顔になった。城が好きとどこで言ったか覚えてないが、ささいな会話も覚えていてくれて嬉しかった。旅行会社に勤めていただけあって、佑真は観光地を巡るのが好きだ。高知に来たのは人生初だし、いろいろ見て回りたい場所もある。山奥での暮らしは悪くないのだが、ネットが繋がらない点だけは困っている。

「佑真は漫画とか好きみたいだし、本屋も寄る？」

「いや、ネットさえ繋がれば買えるから」

峠を走っている間にインターネットに接続することができて、佑真は用意しておいた機器で漫画や本を買い込んだ。便利な世の中だ。ついでにメールも確認すると、家族や友人から何通か入っていた。それらに返信をして、一息つくと、改めて人見の家は浮世離れしているのだなと思った。住み込みで働き始めて、人見の家族がほとんどテレビを見ないことや、インターネットをまったくしないこと、ゲームもスマホもあまり使ってないことに気づいた。

「そういえば都さんって人混みで倒れちゃうんだって？」

出会いがないと嘆いていた都を思い出して尋ねると、人見が苦笑する。

「うん。姉さんって邪気に弱いっていうか、巫女体質っていうか……」

「みこたいしつ……？」

意味が分からず首をかしげると、人見がうーんと唸《うな》る。

「綺麗な川でしか暮らせない蛍みたいなもんかな」

人見の説明になるほどと頷き、佑真は考え込んだ。

「……人見はふつうの人と見え方が違うって言ってたけど、どうしてなんだ？　生まれつきの性質なのか？　女将もちょっと変わってるぽいもんな。大和さんが、お前たちは魔物に魅入られているって言ってたぞ」

大和のこぼした言葉が気になり、佑真は人見の整った横顔を見つめた。

「そもそも俺が光ってるって言ってたけど、俺はごくふつうで、性格も特によくないんだけど」

気になっていた質問をすると、人見が面白そうに唇を吊り上げる。

「光ってるって言うから、誤解させたかな。性格がいい人が光って見えるわけじゃないんだ。単純に嘘をつかずに生きてる人が光って見えるんだ。だから性格はよくても、思ってないことを言ったりする人は黒く汚れて見える。俺が思うに、発しているものと内在しているものが乖離《かいり》していない人が光ってるんじゃないかな」

性格の良し悪しは関係なかったのか。少しがっかりして、佑真は肩を落とした。

「……実は俺が母さんのお腹にいる時、宿に天邪鬼《あまのじゃく》が泊まりに来てね」

はにかみながら人見が話す。

「天邪鬼！　いるんだ！」

佑真は思わず声を大きくした。天邪鬼といえば、思っていることと正反対のことを言う妖怪だ。実在するなんて、信じられない。

「いるいる。療養に来てたんだけど、うちの温泉で怪我が治ったらしくてね。『お礼に嘘つきと嘘つきじゃない者が見分けられるようにしてやる』って、母さんに何かしたらしいんだよね。で、母さんと俺は嘘ついている人とついてない人の見分けがくっきりできるようになったってわけ。すごく迷惑なお礼だったね。小さい頃から周りの人がどす黒く見えて、怖かったし。魔物に魅入られているって大和さんの言葉、そうかもね」

人見の特殊能力の理由に、佑真はあんぐりと口を開けた。日本昔話みたいだ。余計なお礼を置いていくなんて、やはり妖怪は善なるものではないのかもしれない。

「もう一回来てもらって、治せないのか？　それがなければ俺なんかじゃなくて、もっと美しくて素晴らしい女性と……」

人見の目を覚ます方法があるならと、佑真は身を乗り出した。

「……佑真、俺が嫌いなの？」

ふっと人見の和やかだった空気が硬くなり、低い声で聞かれる。

「大好きです」

照れながら答えると、わざとらしいため息が聞こえてきた。

「もうそろそろ、その俺に美人を宛てがおうとするのやめない？　俺は佑真がいいって言ってるのに、どうして別の人とくっつけようとするの？」

「だって美形には美形じゃないと、美形が生まれてこないだろ？　人見だってその能力がなければ、俺なんかじゃなくて別の人に目がいくと思うけど。それにお前は稀少なアルファだぞ。やっぱりオメガと結ばれるべきだろ」

当然のように答えると、人見が唸りながらうなじを掻く。

「アルファとか、本当どうでもいいんだけど。あのさ、俺は佑真を見てきたから、佑真の嘘がつけなくて人とぶつかってしまうところとか、与えられた仕事をきちんとこなすところとか、愛情込めたご飯を作ってくれるところとか、いいところいっぱい知ってるよ？　佑真と一緒にいると楽しいし、俺は佑真と人生を共にしたいと思ってプロポーズしたんだけど。佑真が俺を好きになれないっていうのは仕方ないけど、俺の気持ちまで否定しないで」

少し怒ったような口ぶりで一気に言われ、佑真は戸惑いつつ黙り込んだ。人見の言う通りだと思った。他人の気持ちを否定してはいけない。

「きらきらしてるって言うから誤解したのかもしれないけど、佑真みたいにきらきらした人はこれまでも一応いたんだ」

「あ、そうなのか？」

てっきり自分以外全員、汚れて見えていたのかと思った佑真は目を丸くした。

「うん。でも仲良くなってみても、恋心は持てなかった。綺麗でも、好きになるわけじゃないんだ。佑真は、小学校の頃から思ってたけど、いちいち俺のツボにはまるんだよね。天然なところも好きだし、何度も言うけど佑真はふつうじゃないよ」

人見の話を聞きながら思い出したが、そういえば自分は変な人に好かれる傾向がある。人見はもしかして変な人なのかもしれない。

「それに俺は、外見は特に重要視してないよ。いや、佑真は可愛いけどね。可愛いって言われるの、あまり好きじゃないでしょう？」

人見はちらりと佑真を見て、表情を弛める。

「可愛いとは思えないので、もやもやするだけだ」

居心地が悪くて、口がへの字になる。

「俺のこと好きにさせるって思ってたけど、そうじゃなくて、佑真が自分自身を好きにさせるほうが重要なのかも」

どきりとして、佑真は人見から視線を外した。

人見の言葉が刺さったのは、当たらずとも遠からずと自覚したせいだ。小さい頃から人の目を引く美しい容姿の人を見るのが好きだった。そこには自分は存在せず、妄想の中では理想とする対象だけを考えていればいいから楽しかった。

（えっ、俺、自分のこと嫌いだったの？）

動揺しつつ自分の心に尋ねてみると、嫌いではないと答えが返ってきた。……だが、好きでもない。答えるならまさに、ふつう。嫌いでも好きでもない、ふつう。

（ふつうの呪いか！　こんなところまでふつう！）

内心ショックを受け、佑真は固まった。まさかこんなドライブの最中に、自身の奥深くにあった問題点を指摘されるとは思わなかった。

　何故自分を好きじゃないのだろう。そう考えてみて、好きになれない理由もおぼろげに判明した。この性格のせいで、人と衝突する経験が何度もあった。黙っていればいいのに、世辞も嘘もつけなかったから、人間関係のトラブルには事欠かなかった。そうなるたびに、要領の悪い自分、人を怒らせる自分が嫌になる。だから自分のことを好きになれない。けれど心の奥底では、自分は間違っていないという自負がある。その矛盾する心が、自分の中には混在している。自分のことを百パーセント好きになれたら、人見の愛情も素直に受け入れられるのだろうか。

「人見は鋭いな。確かに俺は自分を好きじゃないかも。嫌いでもないいんだけど」

　淡々として言うと、人見が口元を弛ませる。

「そういうふうに自問自答して話すところ、俺は好きだよ。佑真はキレたり、物に当たったりしないだろ。課長にこってり絞られても、落ち込みこそすれ、愚痴を言うわけでもないし、怒ったりもしなかったね」

　人見の視点から自分はそんなふうに見えていたのかと、驚いた。

「それは人見だろ。俺も人見の怒っても感情的にならないとこは好きだぞ」

　同じような考えを持っていたなんて、どこか嬉しかった。佑真がニコニコして言うと、人見が首を傾けて極上の笑みをくれる。

「そう？　よかった。佑真、俺の顔だけ好きだと思ってた」

　蕩けるような笑顔で言われ、萌えと罪悪感がないまぜになった。人見のどこが好きかと聞かれたら、正直にこう答えるしかない。

「すまない。確かに俺の言う好きは、八割、お前の顔だ」

人見は怒るかと思ったが、吹き出して笑いだした。

「十割だと思ってたから、よかったよ」

明るく笑い飛ばされて、硬くなった車内の空気が軽くなった。今日は楽しい一日にしよう。佑真は人見の横顔を見ながらそう感じていた。


高知市まで車を飛ばし、定番スポットの高知城を観光した。初めての高知城は、かなりテンションが上がった。天守閣からの眺めも最高で、高知市が見渡せる。その後はひろめ市場へ行き、新鮮な魚介類を食した。日曜というのもあって、市場は人が多く活気がある。

人見に行きたいところがないか聞かれ、以前から気になっていたヴィラ・サントリーニへ寄ってもらった。ギリシャのサントリーニ島をモデルにした白い外観と青いドーム型の屋根のリゾートホテルだ。夕食だけの利用だったが、美しい外観と人見の格好良さがマッチして、写真を撮りまくった。

「学生の頃、ギリシャに行ったことがあってさ。いいよなぁ、エーゲ海」

太平洋を眺めながら言うと、人見が興味深げにギリシャでの話を聞いてきた。学生でお金がなくて貧乏旅行だったと告げると、人見は大学生の頃、イギリスに旅行へ出かけた話を聞かせてくれた。

海岸沿いを歩きながら、互いに行った旅の話を続けた。日が暮れるのが早く、話しているうちに海岸沿いには人気がなくなる。名残惜しげにホテルの外観を見つめる。ヴィラ・サントリーニに泊まりたがる女性客が多かったのも頷ける。この一角だけ、異国にいるようだ。

「泊まっていく？」

人見に艶めいた眼差しで聞かれ、どきりとして佑真は固まった。すっと人見が手を握ってきて、指を絡める。友達として泊まるわけじゃないと匂わされ、頬が紅潮した。

「無理」

とっさに答えると、人見が傷ついたような顔になった。今の言い方は拒絶に聞こえたかもしれないと思い、慌てて言葉を探した。

「絶対嫌ってわけじゃないんだけど」

どう言えばいいか考えあぐねて、佑真は言葉を詰まらせた。人見の美しい顔が好きなので、それが歪んでしまうのが非常につらい。人見を喜ばせるような発言をしてやりたいところだが、さすがに一線を越えるのは抵抗がある。

「ホテルに泊まって、俺とセックスするのは無理？　キスは許してくれるよね？」

一歩踏み込んだ質問をされ、佑真は目を白黒させた。

「俺が嘘つけないと分かってて聞いてる？」

「うん」

真面目に頷かれ、佑真はそっと人見の手を離そうとした。けれど、がっしり摑まれて指が外れない。

「……セッ」

セックスと口にしようとして、言葉に詰まって赤くなる。こういうあからさまな言葉が苦手だ。

「……その、いわゆる一夜を共にするという行為ですが」

「こういう内容は赤くなるんだ。キスしてるとこスマホで撮りたいと言ってきた人とは思えない。佑真の恥ずかしいものと恥ずかしくないものの境界線って不思議だなぁ」

まじまじと見られ、佑真は赤くなった首を掻いた。それはそれ、これはこれだ。

「人見、俺なんかとしたいの?」

顔を覗き込まれるのが嫌で、佑真は空いている手で人見の顔を押しのけた。キスは何となく受け入れてしまっているが、それ以上となると覚悟が必要だ。佑真の中ではキスまでは今の状態でも許されるが、それ以上はちゃんと好き合っている者同士がするものと決まっている。

「したいに決まってる」

あっさりと頷かれ、佑真はどっと汗を掻いて立ち止まった。自分のような人間に欲情する人間がいたとは知らなかった。プロポーズしてきたのだし当たり前といわれれば当たり前だが、言葉にして聞くと破壊力がある。

「人見って、男しか愛せない人?」

人見のセクシャリティについて知らなければと、佑真はもじもじしながら聞いた。

「いや、男は佑真が初めて。他の男にときめいた経験はない。女にもないけど」

人見は独特な感性の持ち主のようだ。周りの人間が黒く汚れて見えるとこうなるのだろうか。

「そうなんだー……」

自分にだけときめくと言われ、まんざらでもない気分になった。人見と性行為をする自分は想像できないが、人見の裸は見てみたいと思った。住み込みで働いているのに、人見と大浴場で一緒になったことがないのだ。衣服の上から予測すると、鍛えられた胸板のようだし、さぞかし立派な肉体の持ち主ではないかと考えているのだが。

（でもエッチするとなると、自分の身体も見られちゃうからなぁ）

貧相な自分の身体を見せるのは気が引ける。そもそも男同士でどうやって愛し合うのかよく知らないし、おぼろげに思い描くだけで赤面する。

「ううー。うーん、うーん。やっぱ無理だよ。心臓爆発するかもしれないし」

どう答えたらいいか分からなくなり、頬を林檎のように赤くしながら、繋がった手を振り回した。

人見が苦笑して、手を放してくれる。

「……五台山《ごだいさん》、行く？　夜景が綺麗だよ」

人見が駐車場のほうに向かって歩きだす。ホッとして頷き、佑真は横に並んで足を進めた。


五台山は高知市にある山で、山頂には公園があり、周囲を見渡せる展望台がある。四国でも有数の夜景スポットで、十二月という寒い時期にも関わらず、夜景を見に来ているカップルが多かった。

佑真たちが着いた頃には、眼下にきらめく夜景が広がっていた。浦戸湾《うらどわん》と市街地が見渡せる場所で肩を寄せながら夜景を眺め、綺麗だなぁと見惚れた。

「寒いから飲み物、買ってくる。何がいい？」

コートの襟を合わせて言うと、人見がコーヒーと答えた。その場に人見を残し、自販機のあるほうへ足を向ける。

「あの人、すごいイケメンじゃない？」

すれ違いざまにそんな声がして、耳を欹てた。展望台に佇んでいる人見を、二人組の女性がちらちら見ている。佑真はひそかにうんうんと頷いた。人見は遠目からもイケメンオーラにあふれている。立って良し、座って良し、もたれかかって良しと絵になる男だ。

「きっとアルファでしょ。それか芸能人」

「モデルさんかもねー」

人見を見ながら、女性二人はあれこれ話している。その話に加わり人見の格好良さについて語り合いたいと思ったが、ぐっとこらえて缶コーヒーを二本買って、人見のところへ戻った。

「ありがとう」

夜景を眺めていた人見が微笑んで缶コーヒーを受け取る。少し風が出て、肌寒い。温かいコーヒーが咽を通ると、息が白くなった。

「あ……っ、ちょっとやばいかも」

ふいに人見が鼻の辺りを抑えて、くぐもった声を出した。どうしたのだろうと振り返ると、奥のほうにいた人たちの間にざわめきが起きている。

「あいつ、オメガじゃない」

「ヒートがきたみたい」

ざわめきの中に、聞き捨てならない発言があって、佑真は人見の背中に手を当てた。人見はわずかに紅潮した頰で、佑真の手を取って出口へ向かう。

「ちょっとこの場を離れよう。誰か、発情期になったんだろう。匂いがする」

人見の手は少し熱くなっているが、興奮して理性を失っているわけでもないし、ひどく冷静だ。オメガには発情期というものがあって、その際フェロモンを垂れ流すらしい。発情期の匂いを嗅ぐと、アルファは理性を失ってオメガを犯してしまうと聞いた。その性質を利用して逆レイプするオメガもいるらしく、たびたび問題になっていた。

「大丈夫か？　帰りの車は俺が運転するよ」

駐車場のところまで戻ってくると、佑真は人見を気遣って言った。

「ここまでくれば問題ない。誰か知らないけど、大丈夫かな？」

人見は運転席に乗り込んで、残りの缶コーヒーを飲み干す。連れがいたみたいだから大丈夫だろうと佑真は言った。助手席に乗り込んだ佑真は、いつもと変わりない様子の人見に首をかしげた。

「フェロモンってそんなもんなの？　もっと我を見失う感じになるかと思った」

想像と少し違うので、拍子抜けだ。

「俺はあまり効かない体質なのかも。高校の時に、やっぱりクラスに発情期が来た子がいたけど、我慢できる程度だったしね」

特殊能力も持っているし、人見は他と違うのかもしれない。どこか安堵している自分がいて、少し後ろめたさを覚えた。はっきり返事をしていないのに、人見がどこかのオメガに釣られなくて喜んでいるなんて。

「……やっぱりいい匂いなのか？　どんな感じ？」

興味津々で尋ねると、人見が頭を掻く。

「うーん、すっごくお腹が減っている時に、美味しそうな肉料理の匂いがする感じかなぁ。ああ、でも。俺の友人のアルファの奴は、そんな生易しいものじゃないって言ってたから、やっぱり俺は効かない体質なんだろうね」

車のエンジンをかけながら人見が言う。すでに時刻は夜十時を回っている。今から車を飛ばしても、宿に着くのは丑三つ時だろうと言われた。

「夜景見ながら口説きたかったのになぁ」

残念そうに人見に呟かれ、佑真は相槌が打てずに赤くなって車窓に目を向けた。


十二月も半ばを過ぎると、宿にはひっきりなしに客が訪れ、忙しい日々が続いた。

岡山と共に厨房で働くのも慣れ、要領もよくなった。不思議なのだが、妖怪の食べるものは人間とほとんど変わらず、味付けも人間が好むものでいいらしい。

「君、筋がいいなぁ。包丁の扱いも上手いし」

岡山は佑真の仕事ぶりを気に入ったらしく、多くの調理を任せるようになった。魚の焼き方や煮つけの味など、岡山には決まったやり方があって、それらをノートに書き込んで覚えていった。もともと料理は好きだったので仕事は楽しかった。

「甘いものは私より君のほうが上手いから、甘味は全部任せるよ」

働き始めてしばらく経つと、岡山からそんな言葉ももらった。佑真が上手いというより、岡山が不得手といったほうが正しい。岡山は甘いものが嫌いで、やる気がないのだ。岡山が好きなのは、豚の丸焼きといった豪快な料理だ。

甘味を任されるようになり、一週間分の客の情報も渡されるようになった。週末に一週間分の甘味のメニューを決め、岡山に許可をもらい作るという流れになった。

「うわー。今日は団体さんなんですね」

厨房の丸椅子に座り、リストをチェックして佑真は目を丸くした。十五名の客が一泊するようだ。先週もたくさん来ていたようだし、一組限定が精一杯と言っていた人見の気持ちがよく分かる。妖怪というのは、意外と群れで行動するらしい。

「うむー。去年はここまでじゃなかったけどなぁ。繁盛しとるんだね」

岡山は白いコック帽の位置を調整しながら言う。リストには読めない漢字が並んでいるが、そういえば人見が出禁にしろと言っていたのはこの客ではないだろうかと気づいた。

「岡山さんは、このお客さん、知ってます？」

気になって尋ねると、岡山が目を凝らしてリストを眺め、ああと顔を曇らせた。

「蓮坊が前回泊まった時、怒ってたなぁ。今日は私が配膳をするほうがいいみたいだ。私は妖怪が視えないいんでね、何があったかよく知らないいんだが、都ちゃんがぐったりしてたから」

「えっ！　岡山さん、視えないいんですか⁉」

岡山は長くこの宿に勤めていると聞いたので、てっきり妖怪にくわしいと思っていた。視えない相手の食事を作っていたのか。

「うん。私ぜんぜん視えんのよ。君すごいね、すぐ視えたんだって？」

あっけらかんと岡山が言い、佑真は複雑な思いで黙り込んだ。ひょっとして自分には霊感でもあったのだろうか？　岡山は妖怪が視えないようだが、そのおかげで長年勤められたとも言っている。

「今日はどら焼きの予定だったけど、確かこの客、サツマイモが大好きだったから、サツマイモを使った甘味を作ってくれるかね？」

岡山に頼まれ、佑真はしばし考え込んだ。

「スイートポテトなんか、どうでしょう？」

「いいね。じゃ、頼んだよ」

話がまとまり、佑真は野菜を切る傍ら、スイートポテト作りに励んだ。サツマイモを茹でていると、時々顔を見せるおかっぱ頭の女の子がいつの間にか横に立っている。この子は厨房によく来るのだが、岡山が気にしないので顔パスできる妖怪だと勝手に解釈していた。単に岡山には視えなかったただけだったなんて。

『何作るの？　私の分もある？』

おかっぱ頭の子に可愛らしく首をかしげられて、佑真はしょうがないなぁと呟いた。

「後であげるよ。今日はスイートポテト作るから」

『スイートポテト……？』

おかっぱ頭の女の子はスイートポテトが何か知らない様子だ。着物を着ているし、古い時代の妖怪なのだろう。スイートポテトがどういうお菓子か説明していると、ふいにおかっぱ頭の女の子がサッと調理台の陰に隠れた。

顔を上げると、以前川に引きずり込まれそうになった坊主頭の男の子が窓から覗いている。

「わー坊、嫌いなの？」

妖怪同士仲がいいのかと思ったのだが、そう簡単ではないらしい。おかっぱ頭の女の子はこくりと頷き、しゃがみ込んで震えている。

「岡山さん、その窓から悪い妖怪が覗いているんですが、追い払う方法ってありますか？」

おかっぱ頭の女の子が哀れで、佑真は見かねて尋ねた。人見は毅然とした態度で坊主頭の妖怪を追い払っていたが、自分にそれができるとは思えない。第一、対峙するのは怖い。

「ああ。それならこれを撒《ま》くといいよ」

岡山がにこにこして升を手渡してくる。升には炒った大豆がぎっしり入っている。

「急に寒気がしたり、嫌な感じがしたりした時は、窓からこれを撒くんだ」

いわゆる節分の豆撒きみたいなものだろうか。半信半疑で升を抱え、窓ガラスを開けると、坊主頭の男の子が『ひえっ』と悲鳴を上げ、背中を向ける。その背中に思いきり豆を投げつけた。

『いってぇーっ、いてぇっ、クソ、馬鹿じゃないの、覚えてろよ！』

坊主頭の男の子は叫び声を上げながら一目散で山のほうに逃げ去る。本当に効き目があると知り、感動した。

『お兄ちゃん、ありがとう』

おかっぱ頭の女の子が嬉しそうに顔を出す。

調理場に戻り、再び仕事に励む。茹でたサツマイモを裏ごしし、砂糖や卵黄、生クリームと混ぜ合わせ、成形する。食べやすい形にしてから卵黄で艶を出し、オーブンで焼いた。

「こんな感じでどうでしょう？」

焼きたてのスイートポテトを岡山に試食してもらうと、美味しそうに咀嚼する。

「いいね。あと三十個作って」

甘いものが苦手な岡山が喜ぶくらいなので、美味しくできたらしい。一つをおかっぱ頭の女の子にあげると、目をきらきらさせて頬張っている。

『お兄ちゃんの作るもの、美味しいね』

あどけない顔で食べる女の子を見ていると、少し切なくなった。何の妖怪か知らないが、悪い妖怪には思えない。もしかして幼くして亡くなった女の子の霊とか、そういう類いのものだろうか？

妖怪にくわしくないので、見当もつかない。

「岡山さん、今日使うお皿、これでいい？」

しんみりしていると人見が入ってきて、岡山と客に出す箸や皿の打ち合わせをする。気づくと先ほどまでいたおかっぱ頭の女の子が消えている。人見が苦手なのだろうか？

「あ、スイートポテトだね。美味しそう。一つちょうだい」

人見は佑真の作ったスイートポテトを見つけて、笑顔になる。一つ手渡すと、美味しそうに食べ始めた。その視線が調理台の上にある升で留まり、険しくなった。

「また何か、悪いのが来た？」

人見は窓に目を向け、油断なく探し回る。

「あ、この前のわー坊が覗いてたんだけど、豆を投げたら逃げ去ったよ」

「そうなんだ」

ホッとした様子で人見が強張った肩を落とす。

「時々変なのが入ってくるから気をつけてね。悪いものは近寄れないようにしてるんだけどね。くれぐれも、妖怪と心を通わせちゃ駄目だよ」

真剣な表情で言われ、どきりとして佑真は視線を泳がせた。

「物をあげたりとかは……」

「絶対しちゃ駄目だよ。妖怪と取引とか、間違ってもしないでね。何かあったらすぐ言って」

怖い顔つきで釘を刺され、佑真は内心うろたえつつ分かったと答えた。今さら女の子のことは言いだせない。物をあげては駄目だったのか。特に悪さもしないので、いいだろうと勝手に判断していた。

(唯一まともに話せる妖怪だったんだけどなぁ)

わずかに落胆しつつ、佑真は調理を続けた。次に会った時どうしようと思い悩みながら。


薄暗くなった頃、宿の正面玄関が騒がしくなった。気になって廊下に出ると、黒い和装の団体客がぞろぞろと入ってくるのが視えた。

「ひっ」

大声を上げそうになって、慌てて口を手でふさぐ。和装姿の客は、全員牛だったのだ。二本の角を生やし、厳めしい顔をした黒い牛の頭部が、並んでいる。姿かたちは人間に似ているが、歩くたびに蹄が視えたので、半獣という類いかもしれない。以前虎や鳥の頭をした妖怪が来たが、彼らは小柄で、人間の大きさに近かった。けれど今回の牛の妖怪は、皆でかい。二メートル以上あるものばかりで、天井に頭がつきそうだった。

「お待ちしておりました。どうぞ、中へ」

こんな妖怪でも女将や都、人見は平然と接客している。廊下の陰から覗いていた佑真は、牛軍団が階段に近づく前に厨房に引っ込んだ。岡山は厨房の前庭にいる。

「あと一時間くらいはかかりそうだな」

厨房の窓を開けて客が来たことを告げると、岡山が豚を焼きながら頷く。岡山は六時間前から、庭で豚を一匹丸ごと焼いている。豚の丸焼きを初めて見たのだが、まず豚の腹を裂き、塩やハーブを塗り込んで、野菜や茸《きのこ》を刻んだものを詰め込む。そして長い木の棒を身体に通して腹をふさぎ、アルミホイルでぐるぐる巻きにした後、庭に設置した焼き台で焼き始める。岡山は火を絶やさないように、燃えやすい木切れで火を燃やし続けている。三十キロ近くある豚は、赤々と焼け、時折いい匂いをさせる。焼く前は豚そのものという姿で妙な罪悪感が湧いたが、焼かれた豚は美味しそうに感じるのが不思議だ。

それにしても豚の丸焼きが好きな客というのはあの牛軍団だったのか。牛のくせに、肉食とは。

「そっちは任せたよ」

岡山は豚の丸焼きにかかりきりなので、代わりに佑真が他の料理を担当している。

厨房に戻り、佑真はワゴンに十五人分の前菜の入った皿を載せていった。色とりどりの器に盛りつけた料理が並び、壮観だ。今夜の客はかなりの酒好きらしく、日本酒の瓶もずらりと揃っている。

「はぁ……」

疲れた様子で都が入ってきて、用意のできたワゴンに手を添える。

「持っていくね」

まだ客を案内しただけなのに、都は顔色が悪い。

「大丈夫ですか？　俺、行きましょうか？」

心配になって言うと、都が無理に笑顔を作って首を横に振った。

「まだ素面だから、今のうちは大丈夫。やばくなったら、蓮に替わってもらうから」

けなげに笑ってワゴンを押していく都を見ていると、いっそう心配になった。何かされたのかなんて聞けないが、妖怪に慣れている都が疲れているのだから、きっとストレスがかかることなのだろう。

「佑真君、そろそろ魚に火を入れて」

都も気になるが、目の前の仕事も大事だ。庭から岡山に指示され、佑真は、はいと答えた。十五人分の食事を二人で作っているので、厨房は大忙しだった。野菜を切る量も多いし、鍋で煮る量も半端ではない。岡山は時々厨房に入ってきて、煮物の味や吸い物の味を確認して、また庭に戻っていく。

一時間ほどして豚が焼き上がったと言われ、佑真は庭に急いだ。岡山と一緒に木の棒に吊るされた豚を厨房の中に運び込む。熱くて大変だ。

「おおー……」

大きな皿にアルミホイルを脱ぎ捨てた豚が載せられ、佑真は歓声を上げた。湯気と共に、何ともいえない香ばしい匂いが厨房に充満する。素晴らしい焼き具合だ。

いいタイミングで人見が厨房に入ってきて、ワゴンに豚の丸焼きを載せる。人見の表情が少し硬いのが気になる。

「じゃあちょっと運んでくるよ」

岡山と人見がそう言ってワゴンを押して厨房を出ていった。メインディッシュが終わったので、肩の力も抜ける。

佑真は甘味のスイートポテトを皿に載せていった。多めに作ったので、少し余る。後で皆で食べよう。

「ふうー」

一息つこうとバックヤードに戻ると、暗くなったのに電気もつけずに都がテーブルに突っ伏している。誰もいないと思っていたので、「ひっ」とたじろいだ。

「都さん、大丈夫ですか……？」

電気をつけて近づくと、うつろな目をして都がこちらに顔を向けた。

「あのクソ牛ども……っ、牛肉にして食ってやる……っ、舌切り取って牛タンにしてやる……っ」

恐ろしい形相で吐き出され、佑真は思わず震えた。いつものほほんとした感じの都とは別人だ。怒ると怖い。

「お、お茶でも飲みます？　俺、淹れますよ？」

都があまりにもすさんでいるので、愛想笑いを浮かべながらお茶を淹れた。余っていたスイートポテトと一緒に緑茶を出すと、のそのそと都が起き上がる。最初はどんよりした表情でスイートポテトを咀嚼していた都だが、その表情が徐々に明るくなり、二つ目のスイートポテトを口の中に入れた時にはいつもの目の輝きを取り戻していた。

「美味しい！　んー、たまらない。甘いものって、元気出るわぁ」

嬉しそうに食べている都を見ていると、佑真もホッとした。人見といい、都といい、この姉弟は美味しそうに作ったものを食べてくれる。

「不思議。佑真君の作ったものって、なんか元気出る」

お茶を啜りながら言われ、佑真は自然と笑顔になった。都と話していると、岡山が戻ってきて空のワゴンを部屋の隅に置く。

「すごい酒臭かったなぁー。蓮坊、大丈夫だろうか？」

岡山は妖怪が視えないなりに、騒がしい気配を感じているみたいだ。視えないせいで客にぶつかったようだと気にしていた。

「はぁ。二倍の金額出すっていうから、泊めてやったけど、三倍にふっかけりゃよかったよ」

やつれた様子で女将が戻ってきて、忌々しそうに呟く。

「次はないよ！」

都が目を吊り上げて女将に怒る。都の怒りの形相にさすがの女将も反省したらしく、ごめんごめんと手を合わせている。

「あのー、これまで危ない目に遭ったことってないんですか？　相手は妖怪ですよね。万が一って話も」

話を聞いているうちに不安になって、つい口を挟んでしまった。人見たちに妖怪を退ける技でもあれば別だが、そういうわけでもないようだ。

「まぁ……危険もないわけじゃないけど、一応うちの一家には手を出さないって約定があるから。破ったら、閻魔大王《えんまだいおう》から八つ裂きにされるし」

「閻魔大王、いるんだ！」

つい、大声を出してしまった。

「なるほど……。妖怪の親分に破門にされるみたいな感じなんですね」

そういう取り決めがあるなら、仕事として成り立ちそうだ。もう一つ気になった点があって、佑真は声を潜めた。

「あのー、妖怪って何で支払ってるんですか？　木の葉のお金じゃないですよね……？　確定申告とか、どうやってるんですか？」

妖怪相手に商売しているなんて、税務署で話しても笑われるだけだ。その辺はどうしているのだろう。

「その点は大丈夫さ。ちゃんと人間のお金を用意してくるよ。全員ニコニコ現金払いさ」

今時の妖怪は、人間のお金を用意できる術を持つらしい。

「蓮、遅いね」

話しているうちに女将が気になった様子でバックヤードを出ていった。五分後には困った表情で女将が戻ってきて、冷蔵庫からペットボトルの水を取り出す。

「蓮が酔っ払ってキス魔になってる。客に飲まされたね。ちょっと、都、手伝って」

「嫌」

不穏な発言にびっくりしていると、都がふんと顔を背ける。女将が顔を引き攣らせ、仕方なさそうにバックヤードを出る。佑真は思わず椅子から離れ、女将の後を追った。

「女将さん、俺も行きます」

人見が泥酔状態になっていると聞かされては、黙っていられない。以前、人見は酔うとキス魔になると言っていた。自分から酒を飲むとは考えにくいので、客に無理やり飲まされたのだろう。

「あんたは……まぁ、そうだね。頼むよ」

女将が言葉を濁して階段を上がっていく。牛の相手は怖いが、酔っている人見を連れ出すだけだから、どうにかなるだろう。そんな思いで二階の宴会場に行くと、酒の匂いと、やんややんやとはやし立てる妖怪の声で騒がしかった。大きなテーブルの上の豚の丸焼きは、ほぼ食い尽くされていて、その他の食事もあらかたなくなっていた。

『人間、こっちにも来てくれ』

『いいー飲みっぷりだなぁ』

黒い着物を着た牛たちが、日本酒を呷っている。そっと中を窺うと、人見がまさに牛の妖怪とキスしているところを見てしまった。

（う……）

不快に思って、佑真は顔を顰めた。人見は完全に目が据わっていて、かなり酔っているようだ。牛から顔を離し、気持ち悪そうに顔を離す。

「全員、クソ不味い」

人見が眉根を寄せながら、吐き出す。とたんに牛の妖怪たちが腹を抱えて笑いだし、人見がもみくちゃにされた。

「まぁー、うちの者がすみません。蓮、ほら、ここはアタシがやっておくから」

女将は張り付いたような笑みを浮かべ、妖怪たちの中から人見を引っ張り出した。目配せされたので、急いで人見に駆け寄り、その肩に手を回す。

『おっと、見ない顔だなぁ』

『ほうほう、こいつは上玉じゃないか』

人見を連れ出そうとすると、佑真に気づいた妖怪たちが、興味深げに近づいてくる。

「佑真……？」

人見がわずかに意識を取り戻し、佑真の首の辺りの匂いを嗅いだ。女将からペットボトルの水を受け取り、引きずるようにして宴会場から連れ出す。牛の妖怪たちが佑真を中に引き込もうと手を伸ばしてきたが、女将がそれをぴしゃりと跳ねのけた。

「うちの従業員です。おさわり厳禁ですよ」

女将は佑真の背中を押し、宴会場のふすまを閉めた。何か中で話しているのだろう。また場が盛り上がり、牛の妖怪たちが笑い転げているのがふすま越しに聞こえてくる。

「しっかりしろ、人見。部屋に連れていくから」

人見に肩を貸して階段を下りながら、佑真は尖った声を出した。何故か気に食わない。妙にもやもやする。

「ううー……。吐きそうなほど不味かった……」

佑真にもたれかかりながら、人見が上擦った声を上げる。体温は高く、顔も赤い。相当飲まされたのだろう。吐く息が酒臭いし、足元がふらついている。

「人見って本当にキス魔なんだな。何か腹が立つよ」

先ほど見た光景が頭から離れなくて、佑真はむすっとして言った。妖怪たちにまでキスをするなんて、節操がないにもほどがある。

「うー……。佑真、怒ってる……。姉さん呼んでこいってうるさいからぁ……。俺が相手するしかなかったのー……」

回らない頭でしゃべっているせいで、いつもと声の調子が違う。都のためだと知り、少しだけ怒りが治まった。どうやら自分は人見が妖怪とキスしていたのが気に食わなかったらしい。

(これって、嫉妬、だよな……。前はこんなこと思わなかったのに)

自分の感情の変化に戸惑いつつ、佑真は一階の人見の部屋へ向かった。人見の部屋は八畳の和室で、机や箪笥、本棚しかないさっぱりした部屋だ。電気のスイッチが分からず、暗い部屋に人見を転がした。人見はぐったりと畳の上に横たわっている。

「ほら、水」

ペットボトルのキャップを外し、人見の口元に近づける。人見がぼーっとした表情で水を飲んでいる間、押し入れから布団を取り出し、部屋に敷いてやった。

「今日は使い物にならないだろ。寝てなよ」

酔ってぐでんぐでんの人見は、いつもの格好良さは微塵もない。だがこれはこれで可愛く見えてきた。口の端から水をこぼしている人見の手からペットボトルを奪い、キャップを閉める。急にむくりと人見が上半身を起こして、とろんとした目で佑真を見つめた。

「口直し、させて」

そう言うなり、人見が抱きついてきて、佑真の唇を吸ってきた。

「おい、ちょ……っ、ぐ、む」

酒の匂いが嫌で顔を押しのけようとすると、すごい力で肩を押されて布団に倒れ込んだ。人見は無言で佑真に伸し掛かり、佑真の唇を吸う。

「美味しい……」

人見はうっとりした目で佑真の唇に唇を深く重ねてくる。酔っ払いとキスする趣味はないので、佑真は人見を押しのけようとした。だが、ピクリとも動かない。そんな馬鹿な、と焦って人見をどかそうとするが、逆に腕を布団に縫い留められ、貪るように唇を食まれる。

「ん、んぅ……っ、ふ、はぁ……っ、ひと、み……っ、ちょ、マジでやめ」

やめろと言いかけた口をふさがれる。人見は夢中で佑真の唇を吸い、身体を密着させてきた。

「佑真、好き……好き……」

うわ言のように呟き、人見がキスを繰り返す。人見の身体が熱くて、重くて、鼓動が跳ね上がる。

ふと腹の辺りに硬いものを感じて、サッと頬に朱が走った。

(人見の……勃ってる)

佑真の口内に舌を潜らせ、人見が腰を押しつけてくる。かなり酔っているはずなのに、興奮しているようだ。頭がカーッとして、佑真は人見から離れようと抵抗した。

（えっ、ぜんぜん動かないんだけど……っ、嘘……っ）

　同じ男だし、人見くらい跳ねのけられると思っていたのに、両腕で押さえつけられ、身動きがとれない。力の差がこんなにあったなんて知らなくて、ショックを受けた。ふだんの人見なら無理やりキスしない。急に怖くなって、佑真は震えた。

「嫌だ、や……っ」

　恐怖を感じて、思わず人見の唇を噛んでしまった。ハッとしたように人見が顔を離し、困惑したように佑真を見下ろす。

「あれ、佑真……？　うう……、俺、何して」

　人見が朦朧《もうろう》とした様子で頭を掻きむしり、佑真の横にごろりと大の字になった。解放された瞬間、佑真は脱兎のごとくドアのところまで逃げ出した。ドアの隙間から、こわごわと人見を振り返る。人見は布団からはみ出した場所で、寝てしまったようだ。佑真はぎくしゃくした動きでドアを閉め、自分の部屋に逃げ込んだ。

（うっわ、俺、どうしちゃったんだろ……）

　部屋のドアを背中で押さえながら、自分の震えている手を見つめた。人見とキスするのは初めてじゃないのに、今のは怖かった。押さえつけられたせいなのか、体格の違いを肌で感じたせいなのか、あるいは人見が欲情しているのを目の当たりにしたせいなのか。

　そしてそれ以上に理解できないのは——佑真の性器も勃起していることだ。

（何で俺、勃ってんの？　やばい、動悸が治まらない）

全力疾走したみたいに、鼓動は激しく鳴っている。必死に気持ちを鎮めようと、佑真はしばらくその場にしゃがみ込んでいた。

◆6　厄介な客

寝付けないまま朝が来て、佑真は寝不足のまま厨房に顔を出した。朝五時から仕込みや朝食の支度があるのだが、老人は朝が早いのか、岡山はいつも先に調理場に立っている。

「昨日、大丈夫だったかい？」

岡山は昨夜宴会場に行ったまま戻ってこなかった佑真を案じている。気持ちの整理をつけるのに時間がかかって、そのまま部屋でうずくまっていたのだ。一時間ほどしてバックヤードに戻ると、岡山はすでに就寝していた。人見を連れ出した後は、女将が上手く客をいなしたらしい。

「はぁ。人見はひどかったですけど」

昨夜の人見を思い出すと、心がざわざわするので、佑真はなるべく考えないようにして包丁を握った。

「佑真！」

厨房が吸い物の香りに満たされた頃、慌ただしく人見が入ってきた。声を聞いたとたん、飛び上がりそうなほどドキッとしてしまって、我ながら驚いた。

「ごめん！　昨日、俺、何かやらかしたよね⁉　本当にごめん！　ぜんぜん記憶がない」

人見は起き抜けといった格好でやってきて、佑真の前でいきなり土下座した。佑真もびっくりしたが、岡山も目を丸くしている。青ざめて顔を強張らせていて、額を床に擦りつけながら謝っている。

「俺、何した⁉　ごめん、酔ってキス魔になったところまでしか覚えてない――」

平身低頭といった感じの人見を責める気にはなれず、佑真は鍋の火を止めて、人見の前にしゃがみ込んだ。

「いいよ、もう。っていうか、客に飲まされたところまでは仕方なかったとして、どうして人見は酔うとキス魔になるんだ？　飲みすぎでリミッターが外れるとしたら、人見は誰とでもキスしたくなる性癖でも持っているのか？」

昨夜悶々と考えていた疑問を口にすると、人見が珍しくうろたえて口ごもった。後ろで岡山が「そういえば昔、私にもしてたなぁ」と高校時代の人見について語る。初めて飲んだ酒が美味くて飲みすぎてキス魔になったそうだ。そんな昔からとは、根が深い。

「分からない……けど、口さみしい、のかも」

冷や汗を流しながら答える人見は、うなだれてひどく反省している。

「でも失礼なんだよ、蓮坊は。皆の唇を奪っておいて、不味い不味いって」

岡山が笑いながら懐かしそうに言う。そういえば牛の妖怪たちにもクソ不味いと言っていた。不味いのに何でキスするのだろう。意味が分からん。

「……昨夜、最後のほうは、すごく美味しかったのは覚えてる」

ちらりと佑真を見上げ、人見が囁く。昨夜の行為が頭を過り、頬が熱くなる。自分の唇は美味しいようだ。

「佑真……」

人見の手が佑真の腕に伸びてきて、反射的に後ろに身を引いてしまった。その行動に人見がショックを受けた様子で固まる。

「俺、どこまでやらかした？　無理やり抱いたり、して、ない、よね……？」

絶望的な表情で聞かれ、佑真は岡山を気にしながら「そこまでは、してない」と呟いた。佑真の口ぶりからどの程度まで致したか察したようで、安堵しつつも顔を強張らせて頭を下げる。

「もう二度と酒は飲まないから」

悲壮な決意を固めて、人見が言う。一杯までにしてくれと言って、人見を立ち上がらせ、厨房から追い出した。

「蓮坊は真面目だからなぁ。ちょっと羽目を外しても許してやってよ」

岡山は事情を知らないなりに、人見が可愛いのか、肩を持っている。聞こえなかった振りをして、佑真は器にサラダを盛りつけた。

牛の妖怪たちはさんざん馬鹿騒ぎをした後、温泉に浸かって朝食を平らげて帰っていった。見送りに出たのは女将だけで、都と人見はバックヤードにこもっていた。

バックヤードに戻ってきた女将に、都が意を決した様子で抗議する。

「お母さん、もう二度とあの客に敷居を跨《また》がせないでよね」

都が女将と呼ばずにお母さんと呼ぶ時は、感情的になっている証しだ。

「だっていい稼ぎになるからさぁ……。すごい飲み食いしてくれるから、一泊で百万の売り上げが出るんだよ。ちょっと我慢してくれたら、ボーナス出せるんだよ？　しかもあいつら布団使わないから、洗濯もしなくていいしさ」

女将は媚びるように手を合わせ、呆れる発言をしている。

「母さん、もし次また来たら、俺と姉さんはストライキするから」

人見がげんなりした様子で言う。

「えーっ、そんなの困る。アタシだって、あの客好きじゃないけど、旅館経営のためには仕方ないじゃないか」

のらりくらりと二人の言い分を聞かない女将に、佑真の中で何かのスイッチが入った。

「――経営とおっしゃるなら、女将としてまずやるべきことは、従業員を守ることではないでしょうか」

佑真が身を乗り出して言いだすと、女将が目を見開いて固まる。

「そもそも女将は家族経営ということに甘えすぎだと思います。自分の娘や息子を自身の所有物と勘違いなさっていませんか？　これが人間相手だったら、パワハラとセクハラで訴えられても仕方ない事例です。都さんはキャバ嬢じゃありませんし、人見はホストではありません。行きすぎた接待方法を強いるのは、女将としてあるまじき行為です。第一、あの客が利用しなくとも、予約は埋まっていますし、それほど経営状態が悪いとも思いません。女将はちょっと我慢すればとおっしゃいますが、その我慢は従業員の心をすり減らす行為です。客と従業員は対等なんです。お金をもらっているから客の世話をしているだけで、お互いに必要以上の対価を支払う必要はないんです」

女将が口を挟む隙を与えず、一気にまくしたてると、場がしんとなった。女将はわなわな震え、口をぱくつかせている。

「すごい。佑真君」

都と人見が拍手をする。佑真は内心しまったと思い、女将を窺った。毎度これをやるから職場の上司に嫌われる。ここでは黙っていようと思ったのに、気づいたら口が勝手にしゃべりだしていた。

「佑真のそういうところ、好きだなぁ」

人見は何故か嬉しそうに微笑んでいる。岡山は感心したように顎を撫でている。女将はというと――孤立無援と感じたのか、ぎりぎりと歯を食いしばり、すごい形相で睨みつけてくる。

「生意気言うんじゃないよ！　新入りのくせに！」

女将に怒鳴られ、佑真は目を丸くした。女将は憤怒で顔を赤くして、テーブルをばんばん叩く。ヒステリックな女性の原型のような態度だ。そう言おうかと思ったが、火に油を注ぐので黙っておいた。

「アタシだって、アタシだってねぇ……っ!!　ううっ、畜生、分かったよ！　あの客を出禁にすればいいんだろ！」

怒りながら女将が要求を呑んでくれる。都が万歳と両手を上げ、はしゃぎまくる。

「これで文句ないだろ！　この生意気な新参者が！」

女将はカッカしながらバックヤードを出ていってしまった。上司に嫌われるのはいつものことなのだが、要求を呑んでくれたのは珍しい。毎回怒鳴られて終わりが通例なのだが。

「佑真、ありがとう。俺たちの言い分じゃ、母さん聞いてくれなかったと思う」

人見に尊敬の眼差しで見られ、佑真は苦笑した。

「経営を黒字で維持したいと思う女将の気持ちも分かると言っておけばよかったな。大丈夫かな？　怒って出ていっちゃったけど」

「バツが悪いだけだよ」

人見は気にしていないようだが、少し気になった。住み込みで働いているので、顔を合わせる機会は多い。女将とも上手くやっていけたらと思いつつ、佑真は厨房に戻った。


その日は客が二人だけだったので、厨房は暇だった。白い髪をした綺麗な和装の女性と、真っ黒い毛で覆われたゴム毬みたいに跳ねる妖怪で、都いわく二人はいい仲なのだそうだ。妖怪同士に見た目は関係ないらしい。

「しばらく少人数の客が続くから、明日は都、お休みにしておくれ」

ミーティングで、やけに優しい声音で女将が言った。都は急な休暇で戸惑っている。リストによると明日宿泊する客は一名のようだ。

「蓮は、魚市場に買い付けに行ってくれるかい？　他にもいろいろ頼みたい買い物があるんだ」

先日口論になって以来、女将なりに思うところがあったのか、態度が急変した。優しい言葉遣いになったし、こちらを気遣う発言もよく出てくる。よいほうに転がるなら佑真は文句ないのだが、都と人見は疑惑の念を抱いていているらしい。

「あと明日の客は食事はいらないから、岡山さんも休んでおくれ。ちょうど病院に行く日だろう？　蓮、ついでに病院まで送ってあげて」

「あ。それじゃ私も車に乗せて。服とか、買いに行きたいし」

都が顔を輝かせて言う。

「いいよ。でもそれじゃ女将と佑真だけになるけど……」

人見は心配そうに佑真を見やる。

「この前、言い合いになっちゃっただろ。これを機に、仲良くやりたくてさ」

女将がしんみりした口調で佑真を見つめる。この前の言い合いを気にしていたのか。

「特に仲は悪くなっていないと思いますが」

佑真が不思議そうに言うと、女将が呆れた顔つきになった。

「そっちはぜんぜん気にしてなかったのかい⁉　何だよ、気を遣って優しくしてやったのに。まぁそういうことなら二人でも問題ないだろ」

女将が優しくなったと思ったのは、気遣われていたからだったのか。別に二人でも問題ない。女将と自分の昼飯を作ればいいだけだから、実質休みのようなものだ。

「ではこれを機に、俺も女将と給料体系について話し合いたいです。今時現金手渡しはいかがなものかと」

佑真が意欲的に切り出すと、女将が「うへぇ」と首をすくめた。先日初給料が出たのだが、まさかの現金で死ぬほどびっくりした。いくら山を下りて銀行に行くのが面倒だといっても、そういう点はきちんとしてほしい。明細書も手書きだったし、昭和一桁の会社みたいだ。

「佑真君、がんばって」

都はあれ以来やたらと佑真を応援するようになった。なぁなぁでやってきたことを全部この機に片づけてほしいそうだ。

ミーティングが終わり、佑真は厨房の掃除にかかった。今日は暇なので、床を全面拭いておきたい。老人である岡山に腰を使う作業はさせられないので、モップを取り出し、掃除に勤しんだ。

『今日は甘いもの、ないの？』

床を磨いていると、おかっぱ頭の女の子がひょっこり顔を出して、つまらなさそうに言った。

「あげると怒られるから……」

人見に妖怪と関わるなと釘を刺されたばかりだ。冷蔵庫におはぎが残っているが、心を鬼にして断った。するとおかっぱ頭の女の子が悲しそうにしくしく泣き始める。

「そんな悲しいの？　しょうがないなぁ。一個だけだよ」

小さい女の子が泣いていると罪悪感で耐えられない。佑真は誰も見ていないのを確認して、冷蔵庫にあったおはぎを一つ分けてあげた。

『やったぁー』

おかっぱ頭の女の子は嬉しそうに飛び跳ね、おはぎをむしゃむしゃと食べてどこかへ行ってしまった。

（ホント、あの妖怪なんなんだろ……。おかっぱだし、トイレの花子さん、とかかな）

女の子が消えた辺りを見回して、佑真は首をかしげた。

翌日は凍えるほど寒い日で、空は白い雲に覆われ、この冬一番の寒さになった。

「それじゃ、ちょっと出かけてくる」

人見はダウンジャケットを羽織って、車を玄関の前に横付けする。岡山は杖を突いて車に乗り込み、都は髪を下ろしてボアのついた女の子らしいコートを着て佑真に手を振る。

「何かあったら、電話して。母さんがきついこと言ったらごめんね」

人見は佑真を残していくのが気がかりなのか、なかなか運転席に乗り込もうとしなかった。子どもではないのだし大丈夫と背中を押し、人見たちを見送った。

午前中は厨房の掃除をして、昼時には女将の好きなロールキャベツを作った。ロールキャベツは夕食にも出そうと、多めに作って冷蔵庫にしまっておく。お昼の時間になってバックヤードに昼食を持っていくと、女将がお茶を淹れてくれた。

「……あんたの料理、どうしてこんなに美味いんだろ？」

ロールキャベツを噛み締めながら、女将が悔しそうに言う。二人きりの食事は初めてだったが、母親と食べているような感じで気にはならない。

「はぁ。人見の胃袋を摑んでしまった件については申し訳なく思っています」

味噌汁を啜りながら、佑真は頭を下げた。

「別に申し訳なく思う必要はないだろ。プロポーズの返事を保留にしているのを気にしてるのかい？　結婚となると家族同士のつき合いもあるからね。簡単に頷けないことくらい分かってるよ。まぁうちは特殊だし……、あんたが嫁に来てくれたら助かるけど」

佑真はまじまじと女将を見つめた。妙に理解のある態度で、驚いた。女将は結婚に反対どころか、むしろ賛成らしい。跡継ぎができないという問題については重要視していないのだろうか。

「何だよ、その意外そうな目つきは。今は亡きアタシの旦那だって、婿入りする時は禿《は》げそうなほど悩んだって言ってたよ。一時期、蓮と一緒に横浜《よこはま》に逃げちゃったくらいだしね」

「あ、それで」

人見は神奈川で父親と暮らしていたと言っていた。どうやら夫婦仲でいろいろあったようだ。

「別居していたのですか？　女将は都さんと？」

「あの子は都会じゃ暮らせなかったからね。旦那は妖怪相手で、いわゆるその……心をすり減らす、っていうのかい……まぁ、そんな感じになって」

女将が言いづらそうに打ち明ける。心をすり減らすという言葉が女将の心に刺さっていたようだ。

「アタシなんかは、代々こういう家業をやってた家に生まれついたから慣れたもんだったけどさ。

旦那は途中から視える人になってつらかったらしいのさ」

過去を振り返っているのか、女将がうつむく。どうして亡くなったのか知りたかったが、そこまで突っ込んで聞けなかった。

「アタシはこう見えて、あんたを気に入ってるんだよ。ぜひ蓮と一緒になってほしいね。あと給料の件だけど、今度からちゃんと振り込みにするから」

女将が顔を上げ、元気を取り戻したようにロールキャベツを口に入れる。話し合うまでもなく、女将が意見を呑んでくれるとは思わなかった。佑真は湯気を立てているロールキャベツを箸で一口サイズに切り分けた。これまでは上司と言い合いをした後は煙たがられるのが関の山だったが、女将とはいい関係を築けそうだった。

（結婚かぁー）

午後はすることがなかったので、部屋で漫画を読んでいた。好きなシリーズの新刊だったのになかなか頭に入ってこなくて、女将の話や、先日の人見に襲われかけた時のことばかり考えていた。

（俺、どうしたいんだろ……？　どうするんだろ……？）

最初は大好きな人見の顔を見られなくなるのが嫌で、ここへの就職を決めた。結婚についてはほとんど頭になく、そのうち人見の熱も冷めるだろうという心持ちだった。

それがここ数週間で、自分の感情が変化しているのに気づいた。人見を恋愛対象として意識するようになり、もやもやしたりウキウキしたり、自分でも追いつけない感情が増えてきた。

（人見が妖怪相手にキスしてもやっとしたのって……嫉妬だよなぁ）

人見がキス魔だというのは聞いていたが、実際目にしたのはあれが初めてだった。妖怪相手であれだけ嫌な気分になったのだから、人見が別の人間にキスしているのを見たら、きっともっと腹が立つだろう。

(俺、人見が好きなのかな……。いや、好きは好きなんだけど。うーん、もともとすごい好きっていう前提があったから、訳が分からん状態になっている)

あれこれ悩んでいるうちにうとうととして、佑真は惰眠を貪った。夕食の支度はほぼすんでいるので、夕方まで寝ていよう。そう思いつつ夢の世界に入ると、どこからかドアをノックする音が聞こえた。

「佑真、ちょっといいかい」

どんどんと激しくドアを叩かれ、佑真は寝ぼけ眼で起き上がった。

「はい…？」

あくびをしながらドアを開けると、女将が立っている。

「お客に出す甘味ものを運んでくれないかい？　今、手が離せなくて」

女将に申し訳なさそうに頼まれ、佑真はしばし考え込んだ。人見に接客はするなと言われているのだ。

「頼んだよ、アタシは風呂を急いでやらなきゃいけないんだ。腹が減ると死んじゃう妖怪なんだよ」

口早に言われ、断る間もなく女将が廊下を駆けていく。仕方なく佑真は厨房に行き、用意しておいた酒饅頭をお皿に載せた。山を作るように、合計十六個積んでいる。それにしても腹が減ると死ぬ妖怪なのに素泊まりなのはどういうわけだろう。

酒饅頭を載せた皿を手に、佑真は二階に上がった。客室にいるかと思ったが、客は宴会場にいるらしく物音がする。

「失礼します」

どんな妖怪だろうと覚悟をしつつ、佑真は宴会場のふすまを開けた。

「タコ！」

開口一番、ついそう叫んでしまう。無理もない。宴会場には巨大な蛸の妖怪が陣取っていたのだ。長い蛸足が宴会場の畳の上を、ところせましと蠢《うごめ》いている。回れ右して帰りたいと思ったが、持ってきた酒饅頭を出さねばならない。ドキドキしていると大蛸の二つの目がぎょろりと動いて、佑真をロックオンする。

『お前か』

大蛸の口からくぐもった声がして、気づいたら長い足が佑真の腹に巻きついていた。

「ひぇっ！」

蛸の足が巻きついたまま宙に浮かび、佑真は悲鳴を上げてじたばたと暴れた。大蛸は佑真を目の前まで器用に運ぶと、別の長い足で佑真の作った酒饅頭を丁寧に口に運び始めた。

『ほほう、なかなか美味である……』

大蛸は酒饅頭を一つ一つ咀嚼して、満足げに全部食べ終えた。佑真はその間も必死に蛸足を解こうと懸命に腕に力を入れた。抜け出そうともがくのだが、ぬるぬるして力が入らない。これひょっとしてやばいんじゃないかと、佑真は青ざめた。

「あの、放してほしいんですが」

恐ろしかったが訴えてみると、大蛸の残りの足がうねうねと動き始めた。

『今、礼をしてやる』

大蛸の口から吐き出された白い液体を頭からぶっかけられて、佑真は「ぎゃー!!」と悲鳴を上げた。顔中ねばつく液体にまみれて、気色悪いことこの上ない。すると大蛸の足の中でも一番細い足がにゅーっと伸びてきて、いきなり佑真の口に突っ込まれた。

「げぇ……っ、ぐ、う……っ!!」

大蛸の長い足は、咽を通過し、身体の中に入ってくる。胃カメラをやった時でもこれほど苦しくはなかった。しかも大蛸の足は、腹の辺りまで到達し、ぐちゃぐちゃと暴れ回っている。

(あ、これ死んだ……)

不思議なことに痛みはなかったが、内臓を掻き乱される気持ち悪さと口に長いものを突っ込まれている苦しさで、意識が遠のく。まさか妖怪に殺されて人生を終えるとは想像もしていなかった。

(人見……、た、助け、て)

こんな目に遭うなら宿に残るんじゃなかったと佑真は朦朧とする意識の中、悔んだ。

『ほうほう、ここだな。これをこうやって……』

大蛸は長い足を激しく動かして、何か呟いている。佑真は息苦しさに吐き気を催しながら、ひくひくと身体を痙攣《けいれん》させせた。

『それにしても何と美味そうな人間か……。女将との約束がなければ、味見をしたかったなぁ』

身体に這い回る粘着質な感触を厭《いと》いながら、佑真は宙に浮いた足をぶらつかせた。すると大蛸が佑真の口の奥に突っ込んでいた長い足をずるりと引き抜いた。同時に畳の上に下ろされ、佑真の身体に巻きついていた長い足も離れた。

「うっ、げぇ……っ」

強烈な吐き気に耐えられず、佑真はその場に吐瀉した。自由になった手足を動かしてこの場から逃げようとするが、全身に力が入らない。吐き気はまだ続き、胃の中が空っぽになるまで吐き続けた。

「おやまぁ、ちょっと刺激的な体験だったかね」

どこからか女将の声がする。頭が重くて、顔を上げられない。

「アタシは本当にあんたが気に入ってるんだよ。これで嫁として申し分ないよ」

女将の声の後に、身体が持ち上げられる感覚があった。視界は狭いし、だるくて、胃の中がむかむかして最悪の気分だ。何が起きたか分からない。薄れゆく意識の中、佑真はどこかへ運ばれていった。


気づいたら自分の部屋にいて、敷かれた布団で眠っていた。

目覚めたものの思考はまともに働かず、しばらくぼうっとしていた。大蛸に襲われて、ひどい気分になったところまでは覚えている。その後、女将らしき人がぐったりする佑真を宴会場から連れ出したのも。

（何……身体が、あつ、い……）

力の入らない手足を厭い、佑真は息を吐き出した。全身が熱く、腹の辺りがもぞもぞする。佑真は懸命に身体を起こそうとして、はぁはぁと熱い息をこぼした。頭がぼうっとする。目は潤むし、全身が敏感になっている。

（嘘、何で……）

覚えのある感覚が腰からして、動揺した。布を押し上げるようにして性器が硬く反り返っている。しかも――あらぬ場所が、じんじんと疼く。

「な、何これ……」

佑真は作務衣のズボンを摺り下ろし、息を呑んだ。下着が濡れている。尻の穴から、どろどろとした液体が垂れている。

「う……、は……ぁ……っ」

必死に思考しようと思うのだが、身体の熱さに何も考えられなくなる。耐えきれず下着を下ろし、性器に手を絡めた。射精したくてたまらない。イくことしか考えられない。

「何で……っ」

性器を扱いて絶頂に達しようとするのだが、どういうわけかあまり気持ちよくない。いつもならとっくに射精しているはずなのに、ぜんぜん終わらないのだ。

息を乱して混乱していると、ふいにノックの音が響いた。

「佑真⁉　佑真、入るよ、客に襲われたって――」

激しくノックした後、人見が返事を待たずに部屋に入ってきた。人見はコートを着たままで、帰るなりすぐここへ来たのが分かった。

「えっ、フェロモンの匂い……⁉　何で、佑真から」

部屋に入るなり、人見が口を押さえて動揺する。佑真は人見の前に下肢を露わにする格好で横たわっていた。ふだんなら恥ずかしいと隠すところだが、今は頭がぼうっとして身動きさえしなかった。ともかく熱くて、熱くて、耐えられない。身体の奥がすごく疼いている。どうしていいか分からない。

「ゆ、佑真……」

人見の視線が佑真に釘付けになり、部屋の温度がさらに上がった気がした。

「人見……助けて、身体が熱いよ……」

佑真はぽろぽろと涙をこぼしながら、呻くように言った。人見の顔が紅潮し、一瞬にして息遣いが激しくなった。人見は後ろ手でドアを閉めると、よろめくように佑真の前に膝を折った。

「何が、あった、の……。ああクソ、駄目だ、匂いがすごすぎて何も考えられなくなる……っ」

人見は髪を掻き乱し、荷物を放り出し、コートを乱暴に脱いだ。視線が合ったとたん、人見の目に激しい情欲の炎を感じた。人見の息遣いは佑真より荒くなり、今にも嚙みつかれるのではないかと思った。

「お尻から……何か、垂れてる。気持ち悪い……、扱いてもイけない……苦しい……」

佑真は息を喘《あえ》がせ、人見にすがった。人見の手が震え、気づいた時には両脚を持ち上げられていた。

「ひあぁ……っ！」

いきなり佑真の冷たい指が尻の中に潜ってきて、佑真は甲高い声を上げた。人見の指は濡れた内部を掻き乱すように動く。そうされるととてつもない気持ちよさが押し寄せてきて、先ほどはどうしてもイけなかったのに、あっという間に性器から白濁した液体が飛び出した。

「あ、あ、あ……っ、き、もちいい……っ」

佑真は目尻から涙をこぼして激しく胸を喘がせた。尻の奥に指など入れたことはないのに、佑真のそこは柔らかくなっていて、人見の指を二本軽々と呑み込んでいた。人見が指を動かすたびに蜜《みつ》があふれ、快楽の波にさらわれる。先ほど出したばかりなのに、身体の熱は一向に冷めない。

「佑真……、佑真、ごめん、我慢できない」

人見の息遣いがいっそう荒くなったと思ったとたん、ファスナーを下ろす音がして、濡れた尻に反り返った性器の先端が押しつけられた。

「な、あ……、何、や、だ……」

とろんとした顔つきで身をよじると、人見が両脚を折り曲げて腰を進めてきた。

（入って、る……？　これ、人見の――）

身体の奥に硬くて太くて長いものが、ぐっと強引に入ってくる。苦しくて恐ろしいのに、ひどく気持ちがよくて、佑真はのけ反った。信じられない。尻の奥に男性器を受け入れている。入るはずないと思ったのに、ぐぐぐと人見の勃起した性器が押し込まれてくる。尻穴はしとどに濡れて柔らかくなっていて、初めてとは思えないほどスムーズに人見の熱を引き込んでいる。

「すごい……、はぁ、はぁ……っ、佑真、佑真」

ぐっと奥まで性器を突き上げると、人見は繋がった状態で屈み込んできて、貪るように佑真の唇を吸った。

「あっ、ひっ、あぁ……っ、んん、ぅ、やぁ……っ」

身体の奥にある熱が、意識を奪っていく。苦しさはすぐに消え、腰を揺らされると経験したことのないほどの快感を覚えた。互いの息遣いがうるさくてたまらない。全身が熱くて、痺《しび》れるようだ。

「ひ、ぐ、……っ、んんう……っ、う……っ」

唾液を絡めるようなキスをされているうちに、強烈な快感に襲われ、また性器から精液を吐き出した。出しても出しても治まらない。中で人見の性器が蠢くたびに、性器が硬くなっていく。

「佑真、佑真……っ、はー……っ、はー……っ、う、っく」

人見は抑えきれなくなったみたいに佑真の奥を突き上げ、腰を震わせた。身体の奥で人見が絶頂に達したのが分かり、次の瞬間には尻の奥にドロッとした液体を吐き出された。

「ごめ……、はぁ……っ、はぁ……っ、我慢できなかった……っ」

人見が動揺したように唇を離す。だがすぐに抗いきれなくなったのか、佑真の唇に唇を深く重ねてきた。濡れた卑猥な音が、繋がった場所からする。人見も射精したのに一向に治まらないようで、またぐちゃぐちゃと佑真の奥を突き上げる。

「う、ああ、あ……っ、いい……っ、お尻、気持ちいいよ……っ」

佑真はうわ言のように繰り返し、人見の唇を吸った。知らなかった快楽に目覚め、両脚を人見の腰に絡める。

「佑真、可愛い……、好き……、気持ちいいね、佑真の中、熱くて溶けそう、だ……」

何度も佑真の唇を食み、人見が熱い息を吐き出す。衣服さえ脱いでいなかった人見は、汗ばんだ身体を厭い、佑真から上半身を引き離した。

「うう……、離れ、ないで」

朦朧としながらも人見が離れるのが嫌で、佑真は手を伸ばした。人見は着ていたセーターを脱ぎ、シャツをはだけ、佑真の手を握る。

「佑真、ああ、この匂い……頭、おかしく、なる」

うつろな表情で人見が呟き、佑真の着ていた作務衣を剝ぎ取った。人見は再び屈み込んでくると、佑真の乳首に吸いついた。

「ひ、あ……っ、ぁ、あ……っ」

強く乳首を吸われ、びりびりと甘く痺れる感覚が腰に伝わった。乳首に舌が絡まり、弾かれると、そこがぷくりと尖っていく。もう片方の乳首を指で弄られ、佑真はのけ反って甘く喘いだ。

「あっあっ、乳首、いい……っ、嘘……っ、イっちゃう、イっちゃ……」

音を立てて乳首を吸われているうちに、性器の先端から精液が垂れてきた。息が熱くて、全身が敏感になっている。

「乳首でイったの……？　可愛い、佑真……、ああ、めちゃくちゃに犯したい」

はぁはぁと息を喘がせ、人見が佑真のこめかみの汗を舌で舐め回す。人見の声にぞくぞくして、銜え込んだ性器をきつく締めつけた。

「佑真……、俺のものにしたい……、好き、食べたい……」

人見はそう言うなり、佑真の尻から性器をずるりと引き抜いた。その拍子にどろっとした液体がシーツにぼたぼたと落ちた。人見がいなくなって寂しくてわななくと、身体をうつぶせにされた。人見は忙しげにズボンと下着を脱ぎ、佑真の腰を強引に引き上げた。

「佑真……」

尻だけを掲げられた状態で、再び人見の硬くなった性器が押し込まれてくる。内部がいっぱいになり、熱で埋め尽くされると、あまりの心地よさに腰が痙攣した。

「すごい……、中、うねってる……気持ちいいの……？」

ゆさゆさと佑真の内部を揺さぶり、人見が甘く囁いてくる。佑真は引き攣れた声を上げ、シーツに突っ伏した。

「いい、あ……っ、あ……っ、もっと突いて、やぁ……っ」

甲高い声を上げ、佑真は腰を振った。すぐに待ち望んだ快感はやってきた。人見が腰を激しく突き上げ、深い奥をごりごりと擦ってくる。息も絶え絶えになるくらい感じて、佑真は生理的な涙をこぼした。いつの間にかまた射精したようで、シーツが濡れている。もう何度も達しすぎて、苦しい。

「佑真、中に出すよ……っ、佑真、愛してる」

人見が覆い被さってきて、うなじに吸いついてきた。ふいに――首筋に強烈な痛みが起こり、佑真は悲鳴を上げた。うなじが痛い。人見が噛みついてきたのだ。

「ああ、佑真……っ、誰にも渡さない、俺のだ……っ」

うなじを吸われて、佑真は痛みに理性を取り戻した。今何かとんでもないことをされた気がする――そう思う傍から、深く奥を突き上げられて、快楽で思考が散漫になる。痛みは、快楽で塗り潰された。人見の性器が内壁を動くたび、嬌声がこぼれる。

「ひい、ぁあ、ああ……っ、や、あ……っ」

肉を打つ音が部屋中に響き渡り、尻が壊れるのではないかと思うくらい、穿たれた。やがて人見の動きがピークを迎え、内部に熱い飛沫を注がれる。

「佑真……、佑真……」

射精した後も耳朶や顎を舐められ、身体中を揉まれた。性欲には終わりがなかった。佑真は人見の身体の下で喘ぎ続け、深い泥のような快楽に堕ちた。

軽く揺さぶられて、佑真は重い瞼《まぶた》を開けた。自分を覗き込んでいたのは、人見の絶望的な表情だった。視界には裸の人見、それに――乱れた布団。

「う……」

佑真はだるい身体を起こして、周囲を見回した。布団は汚れていて、互いの精液の跡が残っていた。佑真も裸で、その身体には情事の痕が無数に残っている。

人見と性行為をした記憶がフラッシュバックして、血の気が引いた。反射的に布団を掻き寄せ、身を硬くする。

「ごめん、佑真。ごめん……我慢できなかった」

人見は青ざめた表情で、うなだれる。セックスのことを言っているのかと思ったが、身じろいですぐにその理由が分かった。うなじが――痛い。じんじんして、触るのも嫌なほど、痛い。

「俺……どうなったんだ？」

何故こうなったのか思い出そうとして、腹の辺りが気持ち悪くなった。そうだ、大蛸の妖怪に襲われて、身体がおかしくなったのだ。熱くて、たまらなくて、人見が欲しくなった。

「佑真、ベータ、だったよね……？　どうしてオメガになってるの……？　母さんから佑真が大変だって電話があって、一足先に帰ってきたら……」

人見は泣きそうな顔で佑真を見る。

「オメガに……なってる……？」

意味が分からなくて、佑真はずきりと痛みを放ったうなじを押さえた。まさか、このうなじは――。

「ごめん、俺……理性吹っ飛んでて、佑真の意思も聞かずに……嚙んでしまった」

人見がうなだれて言う。

頭が真っ白になって、佑真は硬直した。そういえば抱き合っている最中にうなじを嚙まれた気がする。アルファがオメガのうなじを噛むということは、番になった……？

「……ちょっと一人にしてくれる？」

佑真は何も考えられなくなって、低い声で呟いた。人見が唇を噛み締めながら見つめてくる。人見は何か言おうと口を開いたが、佑真が頑なに目を逸らしていると、仕方なさそうに立ち上がった。情欲の匂いを残して、人見が部屋から出ていく。佑真は一人きりになると、タオルでうなじを押さえた。出血したのか、乾いた血液がこびりついていた。

佑真はタオルで身体の汚れを拭くと、散らばった衣服を掻き集めた。人見と一晩中性行為に耽っていたのを徐々に思い出した。身体は重く、腰の辺りに鈍痛がした。何度も性器を受け入れたせいかもしれない。男の自分が、男に犯されてあんなふうに喜ぶなんて、未だに信じられない。手足が震える。動揺したまま衣服をまとい、荷物を全部スーツケースに詰めた。

時計を見ると午前十時だった。

佑真はロボットみたいに手足を動かして、スーツケースを引きずりながら部屋を出た。外に出ると、まるで何事もなかったように空は青い。庭に軽トラックが停まっているのが見えて、佑真はよろよろと近づいた。

ちょうど大和が野菜の販売に来ていたところだった。佑真がいなかったので、代わりに都が応対しているようで、二人がぎこちなく微笑みながら談笑している。

「あれ、お兄さん……？」

スーツケースを引きずる音に大和が気づき、目を丸くする。都もびっくりして佑真を見る。

「申し訳ないけど、下まで乗せていってくれないか」

佑真は抑揚のない声で大和に言った。

「は？　あ、はい、構わないっすけど」

大和は佑真の尋常じゃない様子に気づいたのか、恐る恐る頷く。佑真は軽トラックの助手席にスーツケースを押し込め、車に乗り込んだ。

「えっ、佑真君、どうしちゃった、の。蓮、知ってるの？　えーっ」

都はおろおろして宿のほうを振り返る。販売は終わったらしく、大和が「それじゃ、その」と帽子を目深に被り、車に乗り込んだ。

「佑真！　待って！」

外で怪しい気配を感じたのか、宿から人見が叫んで出てきた。大和が助手席をちらりと見たので「出してくれ」と硬い声音で言った。

大和は軽トラックを発進させた。佑真は狭い助手席でスーツケースを抱えながら前を向いた。宿がどんどん遠ざかり、少しだけ息を吸うのが楽になる。

自分はどちらかというと思考型で、どんな時も行動するより考えるほうが先だと思っていた。けれど今回は思考が恐ろしいほどに止まり、一刻も早くここから逃げ去りたいという意識に支配された。ともかく彼らから遠ざかりたい。宿にいるのも嫌だったし、女将の顔も都の顔も、人見の顔を見るのさえも嫌だった。

「何かあったんすか……？　ってか、うなじ、怪我して……、あれ？　お兄さん、オメガだったの

⁉」

ちらちらこちらを見ていた大和が、佑真がうなだれた拍子にうなじの噛み痕を見つけたのか、素っ頓狂な声を出した。

「俺はベータだったんだ‼」

自分でも抑えきれないくらい怒りが湧いて、佑真は怒鳴っていた。大和がびっくりしたように身を引き、不安そうに佑真を見やる。

怒鳴った後は、急激な悲しみに襲われ、声を殺して泣いてしまった。大和はハンドルを握りながら、焦ったようにきょろきょろしている。今日、配達がある日でよかった。歩いて下山するつもりだったけれど、大和のおかげで早くここから離れられる。

「あの、泣かないで、お兄さん。その……、ほら、これあげる。その首、隠したほうがいいよ」

大和は肩を震わせて嗚咽する佑真を哀れに思ったのか、傍に置いてあったチェック柄のマフラーを押しつけてきた。

「何があったか知らないけど、オメガだって分かると、悪さする奴もいるからさ」

大和は労わるように優しく言うと、元気づけるように缶コーヒーも手渡してくる。人の優しさが身に染みて、大粒の涙がこぼれてきた。

「うわー。お兄さん、ホント、勘弁して。俺、弱いんだよ」

大和は涙もろい性格らしく、佑真の泣き声にもらい泣きをしている。佑真はマフラーに顔を埋め、思いきり泣いた。自分でも何が悲しかったのか分からないが、涙はとめどなく流れ出た。涙で濡れるマフラーを抱きしめ、佑真はしばらく顔を上げられなかった。

◆7　オメガの生活

電車が通っている場所まで送ってもらうと、大和とはそこで別れた。佑真はスーツケースを引きずり電車で空港を目指した。何本か乗り継いだので、かなり時間がかかったが、幸い今日中に帰れる航空チケットがとれて、夕方七時には高知を出発できた。

アパートを引き払わないでよかったと、心の底から思った。

何も考えたくなくて、帰路の間、抜け殻のようになっていた。東京は夜でも明るくて、安心できた。久しぶりに自分のアパートの鍵を開け、倒れ込むようにベッドに突っ伏す。

スマホには人見からの着信がいっぱい入っている。留守電も入っていたが、聞く気になれず、放置した。風呂にも入らず、コートを着たまま佑真は深い眠りに落ちた。

翌日、十時頃、部屋が明るくなって目覚めると、ようやく思考が戻ってきた。

（俺……本当にオメガになってしまったのか）

まだ納得できず、佑真はシャワーを浴び、着替えると、病院に向かった。山で生活していたので気づかなかったが、街はクリスマスムード一色だった。カレンダーを見て明日はクリスマスだと知った。近くにある大きな病院の待合室にはツリーが飾られ、窓ガラスにはメリークリスマスと楽しげに描かれている。こっちはそんなお気楽な気分じゃないと待合室のソファで腕を組んだ。病院に来たのは、第二の性別について検査をしてもらうためだ。

二時間待たされて、ようやく結果が出た。担当してくれたのは黒縁眼鏡をかけた白髪交じりの医師だった。

「検査の結果、オメガですね。ベータから変わるのは珍しいですよ」

医師からはっきり告げられて、認めざるを得なくなった。自分はオメガになってしまったのだ。これまでオメガについて考えたことなどなく、生態や対処法をまったく知らない。暗くなっている佑真を労わるように、医師はオメガについて教えてくれた。

オメガには三カ月に一度程度、発情期《ヒート》というものがあり、一週間ほど性欲が高まり、フェロモンを発する期間が続く。オメガが下級層と呼ばれているのはこのためで、性被害を招かないためにも、抑制剤でコントロールすることが重要だそうだ。

「抑制剤は政府から補助金が出てるから……って、あれ。君、番相手がいるの？　うなじ、噛まれているね」

佑真の身体を確認した医師が、眼鏡を指で押し上げる。

「番相手がいるなら、フェロモンは出ないよ」

フェロモンが出ないと知り、少し安堵したが、同時に大きな不安も湧き起こった。

「あのー番って……結婚、みたいな感じですか？」

まだ触ると痛むうなじを厭い、佑真は恐る恐る聞いた。

「結婚っていうより、契約だね。噛まれると、その相手以外との性行為は不可能になるから。……まさか、無理やりじゃないだろうね？　裁判起こしても、勝てる確率低いよ」

窺うように聞かれ、佑真は何も言えずに黙り込んだ。

自分は人見以外と恋愛できない身体になってしまったのか。

オメガのくわしい生態が書かれたパンフレットをもらい、佑真はとぼとぼと家に戻った。ベッドに寝転がり、パンフレットを何度も読み返す。

新たな知識を頭に入れたことで、ようやく頭も回転してきた。

おそらく、あの大蛸の妖怪が佑真の性別を変化させたのだろう。そうとしか考えられないし、そう仕向けたのは女将に間違いない。人見は関わっていないと思うが、断定はできない。

妖怪に対してもっと危機感を持つべきだった。考えてみれば、都は『うちの一家には手を出さないって約定がある』と言っていた。つまり、人見家の人間ではない佑真は襲われる危険性があったということだ。だから人見はくどいほど接客しなくていいと言っていたのかもしれない。

事態が呑み込めると女将に対する怒りがふつふつと湧いたが、警察に訴えるにしても妖怪に性別を変えられたなんて言えないし、顔も見たくないので泣き寝入りするしかないのが悔しかった。自己中心的な人物だと思っていたが、あそこまで酷い性格とは思っていなかった。

（っていうか、俺これからどうすんだろ……）

大きなため息をこぼし、佑真はパンフレットで顔を覆った。

一刻も早くあの場を去りたくて家に戻ってきたが、この先ずっと誰とも愛し合えない身体になってしまったのだ。勝手に番にされた悲しみも湧いてきて、憂鬱な気分になった。あの時、たぶん佑真はフェロモンを出していたのだろう。ありえないほど感度が高くなって、人見に犯されるのを悦んでいた。性行為自体は嫌ではなかったし、むしろ初めて知る快感に溺れたくらいだ。けれどうなじを噛んだことだけは許せない。

（でもまぁ……人見も理性失ってたんだろうな……。フェロモン効かない体質とか言ってたけど、めちゃくちゃ効いてるじゃないか）

悶々と悩み、また悲しくなってきた。小さい頃から自分のことを『ふつう』と思ってきた。容姿も頭脳もその他のたいていのことはふつうの枠をはみ出すことがなかったからだ。それがここにきて、いきなり稀少種のオメガになった。オメガになって分かった。自分は『ふつう』な自分が好きだったのだ。真ん中にいることで安心していたのだ。オメガを馬鹿にしていたわけではないが、いざ自分がそこに放り込まれるとたとえようのない不安に苛まれた。今まで気にもしなかったのに、ネットでオメガに関するニュースが流れると食い入るように見てしまう。好きだった料理もしたくないし、マンガを読む気分にも、ゲームをする気分にもなれなかった。一日中オメガに関する事件ばかり見て、外に出るのが怖くなっている。

外出中、急に発情期が来たらどうすればいいのだろう？　誰彼見境なしにセックスをしたくなったら？　抑制剤は完全ではないと医師は言っていた。発情期も最初のうちは不定期に起こるらしい。番がいるとフェロモンを出さないというが、本当だろうか？

（俺、これじゃおかしくなる）

宿に戻る気はなかったので、新しい働き口を見つけなければならなかったが、心の整理がつかなくて、佑真は家に引きこもった。クリスマスも過ぎ、年末になり、あと少しで年が明ける。人見からは五日前から連絡が途絶えている。佑真が電話に出ないので諦めたのかもしれない。いずれ向き合わなければならないが、まだ人見と会う気持ちが湧いてこなかった。

このままでは引きこもりになると思い、佑真は十二月最後の日に、実家に電話をした。

『あら、佑真。帰ってこないの？　おせち料理、一緒に作ろう』

電話口に出た母の声は呑気で、無性に安堵する自分がいた。しばらく実家に戻ってもいいかと聞くと、何も聞かずにいいよと答えてくれる。

今から帰ると呟き、佑真はようやっと家から出る決意を固めた。

佑真の実家は横浜にある。築三十年の一戸建てで、似たようなデザインの家が並んでいる一角だ。駅から歩いて十五分、父と母と妹という四人家族で、全員ふつうを絵に描いたような顔立ちをしている。

スーツケースを引きずって家に戻ると、ふくよかな体型の母と、痩せて猫背の父が出迎えてくれた。妹は今大学生で、サークル活動が忙しいらしい。

「おかえり。さっそくだけど、手伝って。あんたの煮豆が一番美味しい」

相変わらず陽気な母が佑真をキッチンに引きずり込む。佑真が料理をするようになったのは、今は亡き祖母の影響だ。両親が共働きだったので、子どもの頃は祖母と妹と家で過ごしていた。祖母は料理家で、小さい頃から佑真にあれこれと料理のスキルを教え込んだ。そのおかげで、今では母より料理が上手くなってしまった。

「新しい仕事は合わなかったのか？　メールにはがんばってると書いてあったのに」

仕事を辞めたと話すと、父親が心配そうに尋ねてきた。鍋の前で火加減を調節しながら、佑真は「うん……」と言葉を濁した。

夕食の支度をしていると妹の陽菜が帰ってきて、「あれっ、お兄ちゃんじゃん」と背中を叩いてきた。佑真の家族は仲が良く、夕食も揃って食事をする。家族に囲まれ、蕎麦を啜っていると、家族っていいなぁとしみじみ感じた。自分は『ふつう』なんかじゃなかった。ものすごく『良い』のだと初めて知った。

「皆、話があるんだけど……」

この穏やかな時間を失うのはつらかったが、佑真は意を決して自分がオメガになったと打ち明けた。

「ええーっ!!」

家族がいっせいに叫びだし、本当か、嘘に決まってる、お前はベータだったはずだと騒ぎ始めた。佑真が黙って検査結果を出すと、今度は恐ろしいほどの沈黙が落ちる。父も母も妹も、佑真の性別が変わることなど考えていなかったので、呆然としている。

その時、家のチャイムが鳴った。

チャイムはしつこく鳴り続け、呆然としたまま父がインターホンに出る。その顔がいぶかしげに佑真に向けられた。

「佑真、人見さんという方が来てるが」

佑真はサッと青ざめ、身体を強張らせた。人見が実家に来たのだろう。どうしてここが分かったのかと思ったが、よく考えれば小学校が一緒なので、実家の住所は知っているのだ。追い返してもらおうかとも思ったが、山を下りてここまで来た人見の気持ちを考え、玄関に出た。

「女将さん‼」

ドアを開けたとたん目に飛び込んできたのは女将で、佑真は目を吊り上げた。てっきり人見だと思ったから出たのに、人見の姿はない。女将は訪問着に菓子折りを持って、バツの悪そうな顔で立っている。

「どの面下げて来たんですか！」

女将の顔を見たら怒りが湧き上がり、佑真は玄関前で怒鳴っていた。後ろから父と母、陽菜が覗き込む。

「そんなに怒らないでおくれよ！　アタシが悪かったよ！　あんたのこと気に入ってたから、オメガにして既成事実作れば蓮と結婚する気になると思ったんだよ！　ああーっ、ドア閉めないでおくれ！」

中に引っ込もうとした佑真に気づき、女将が素早くドアに下駄を挟み込んでくる。

「反省している！　ものすごく反省しているから！　蓮は出ていっちゃうし、温泉は出なくなるしで、あんたが出ていってからうちは八方ふさがりなんだ！」

怒りの形相で女将を追い出そうとしたが、世にも哀れな声ですがられて、佑真は動きを止めた。

「人見が、出ていった……？」

佑真が顔を曇らせると、しょげた様子で女将がうつむく。玄関前で騒がれると近所に噂が立つと母から言われ、佑真は仕方なく女将を玄関まで入れることにした。本来なら顔も見たくない相手だ。

「このたびは誠に申し訳なく……、お怒りはごもっとも、土下座ですむならいくらでもする覚悟ですので」

女将は芝居口調で玄関に膝を折る。

「謝ってすむ問題じゃないです。俺の人生、ぶっ壊しておいて、よく顔を出せましたね。それより人見が出ていったって？」

人見から着信がなくなったのは五日前だ。どこへ行ったのだろう？

「先に言っておくけど、蓮は今回の件にいっさい関わってないから。アタシの独断で、あんたの性別を変えたのさ。あの後、ものすごい大喧嘩を蓮としてね。その夜に、蓮は宿を出ていったんだ。都と岡山の三人でどうにか宿の仕事をこなしていたんだけど、すぐに温泉が出なくなっちゃってね。温泉がなけりゃ客は用がないのさ。次から次へとキャンセルが相次ぎ、うちは閑古鳥が鳴いている。それもこれもアタシが馬鹿な真似をしたせいだね、きっと」

女将は肩を落とし、深々と頭を下げる。佑真が出ていったのと因果関係はないと思うが、罰が当たったようで少し溜飲が下がった。

「人見はどこへ？」

「電話しても繋がらないし、どこへ行ったかさっぱりだよ……。あんたの件で鬼のように怒ってたから、見捨てられたのかも」

しょぼくれる女将を見下ろし、佑真はがりがりと頭を掻いた。後ろでは事情を呑み込めない家族が女将と佑真を交互に見ている。

「自業自得ですよ」

佑真は他に言いようがなく、これ以上ここにいても迷惑なので帰ってくれとすげなくあしらった。

「本当にごめんよぅ。あんたのこと気に入ってたから、どんな手を使っても嫁にしたかったんだよ」

いつも気が強い女将が、しくしく泣いている。心から反省しているようなので少し怒りは治まったが、別の怒りも湧いてきた。

「男の嫁候補が来ても、嫌な対応してなかったのは、性別変えればいいと思ってたからですか？」

今思い出してみると、女将の対応はおかしかった。跡継ぎを欲しがっていたのに、ベータである佑真が来てもまったく意に介していなかったのだ。それもこれもすべて、あの妖怪に頼んで佑真の性別を変えてもらえばいいと思っていたからではないか。

「そうです……すみません……」

女将が素直に認め、うなだれる。かなり呆れたが、ここでごまかさず認めたので気持ちも落ち着いた。佑真は嘘をつくのが苦手だ。それと同じように、相手からも嘘を吐かれるのが嫌いだ。だから女将が本当の気持ちを語ってくれて、怒りが和らいだ。

「もう分ったから、帰って下さい。戻る気はないけど、謝罪は受け入れます」

佑真がため息をこぼしてそう言うと、女将は菓子折りを残して、何度も頭を下げながら帰っていった。菓子折りの袋の中には、給料やその他の書類も入っていて、取りに行かずにすんで助かったのは確かだ。

「一体、何がどうなっているんだ？」

父に困った表情で聞かれ、佑真は説明が難しくて唸り声を上げた。妖怪に性別を変えられたなんて言おうものなら、一笑に付されるだろう。結局仕事場でトラブルが起きて辞めた、という程度にとどめておいた。

それにしても人見はどこへ行ってしまったのだろう。考えてみれば人見も女将に迷惑を被った側であるのは間違いない。短絡的な親を持つと苦労をするという典型だ。温泉が出なくなったのは可哀想だが、神様がもう旅館経営は辞めろと言っているのかもしれない。

佑真は実家の自分の部屋でくつろぎ、人見からの連絡が入っていないか確認した。やはり何も来ていない。人見の失踪は気になる。どこにいるんだとメールを送ろうかと悩み、いい文章が浮かばずにスマホを閉じた。

『甘いもの、ちょうだい』

ベッドに寝転んだ佑真は、不意に耳元で囁かれ、びっくりして跳ね起きた。ベッドの脇に、おかっぱ頭の女の子が立っている。

「きっ、君は！」

宿にいたおかっぱ頭の女の子が部屋にいる！

『お兄ちゃんに憑《つ》いてきちゃった』

あどけない顔で笑われ、佑真は絶句した。実家で妖怪を見るのは、宿で見るのとはまた違った感覚だ。実はずっといたのだが、なかなか佑真に気づいてもらえなかったらしい。何か恐ろしいことをされるのではないかと不安になり、今日作った黒豆を一階から持ってきて女の子にあげた。何となくだが、甘いものを与えているうちは悪いことが起きない気がする。

『美味しいー』

ベッドにちょこんと腰掛け、おかっぱ頭の女の子が黒豆を食べている。ふと人見について何か知らないかと佑真はその隣に腰を下ろした。

「あのさ、人見が……蓮が消えちゃったんだけど、行き先知ってるか？」

宿にいた妖怪なので、人見について知っているはずだ。案の定おかっぱ頭の女の子は、首をかしげて遠くを見やる。

『蓮なら、妖怪のいる里に行っちゃった。生きて帰れるかなぁ？』

ぞっとするような発言をされ、にわかに不安になった。妖怪のいる里がどこか知らないが、あまりいい場所ではないのは確かだ。

「そんなに怖いところなのか？　人見が喰《く》われたりしないよな？　それってどこにあるんだ？」

不安が募って、おかっぱ頭の女の子を質問責めにした。

『お兄ちゃんは行けない場所だよー。蓮と結婚してたら行けたけど。それにとっても怖い場所なんだよ？　あたしもめったに行かないもん。蓮はよほど行かなきゃならない理由があったんだね』

おかっぱ頭の女の子がぶるぶると身を震わせて言う。ますます心配になった。それなのに、自分は行けない場所なんて。

（人見、何やってんだ？　お前……）

人見の行動が理解できず、佑真は落ち着かない気分に苛まれた。


正月を実家で過ごしている間、人見のことが気になって仕方なかった。相変わらず連絡はないし、ラインも既読にならない。本当かどうか分からないが、おかっぱ頭の女の子は、人見が妖怪の里に行ったと言うし、生きているのか心配だった。

「すごいのよ、聞いて！　商店街のくじが当たった！」

正月休みが終わり、寒さも増してきた一月半ばの日曜日、買い物に行っていた母が興奮気味に帰ってきて叫んだ。

「沖縄《おきなわ》ペア旅行よ！　お母さんと行ける幸運な人は誰かしら？」

母は当たったという沖縄旅行の券を見せびらかす。ちょうどこたつで父と陽菜と蜜柑《みかん》を食べていた時だったので、二人の目が同時に光った。

「ここはやはりお父さんだろう。夫婦水入らずで沖縄旅行、それが順当だよな」

「何言ってんの。あたしが行く！　いつも二人でずるいじゃん！　あたしだって沖縄行きたい！」

こたつで向かい合う形で父と陽菜が言い合いを始める。ただで沖縄に行けるので、二人とも真剣だ。

「俺はいいよ。一人分捻出して皆で行けばいいじゃないか」

佑真が折衷案を出すと、家族会議が行われた。一人分とはいえ、沖縄への旅費は気軽に出せるものではないらしい。

「それにしてもここんとこ、ついてるよね。やたらくじ運強くなったしさ。お父さんは昇進するし、お隣さんからお土産とかいって蟹もらうし……うちってそんなついている一家じゃないのに」

陽菜が蜜柑を剝きながら不思議そうに言う。そうなのだ。万年係長で終わると思っていた父が、まさかの課長に昇進して、我が家はお祝いムード一色だった。何でも直属の課長が警察沙汰になるような問題を起こしたらしく、突然の昇進だという。人の下で働くことに慣れていた父は、『トップの条件』とか『上に立つ者のすべきこと』とかいう啓蒙《けいもう》本をしこたま買い込んで読み耽っている。

商店街のくじだって毎年やっているのに、これまでポケットティッシュしか持ち帰っていない。福の神が我が家にやってきたのではないかと陽菜は笑って言う。

「そうだな……」

佑真は家族の顔を見回し、ちらりと斜め後ろを見る。憑いてきたと言ったおかっぱ頭の女の子が佑真の後ろでちょこんと座っている。佑真にはこんなにはっきり視えるのに、他の家族にはまったく視えないらしい。

（まさか、お前の力か？　お前、福の神だったのか？）

ひそかに気になって、佑真はそっと蜜柑を手渡した。おかっぱ頭の女の子はにこっと笑って、蜜柑を食べ始める。

気のせいであってほしいが、この女の子が家に来てから、やたらと家族にツキがくるようになった。商店街でくじを引けば一等賞が当たるし、やたらと親戚や知人から物をもらうようになった。仕事をどうしようか悩んでいた佑真には、以前勤めていた旅行会社から、人手が足りなくて困っているので、バイトとしてでいいから来てくれないかと誘いがあった。家賃を払わねばならないので、バイトの誘いは有り難かった。まだ次にどんな仕事をするか決めていない。飲食店で働くのか、以前勤めていたような会社に行くのか、迷いがあった。

「前祝いで、今日は寿司を食べに行こう」

父が言いだし、家族で賛成して、夕食は回転寿司に行くことにした。

外に出ると、粉雪がちらついている。今日はかなり冷えるので、マフラーに手袋は欠かせない。白い息を吐きながら歩いて五分のところにできた回転寿司店に入った。安くて美味しいとあって人気の店で、日曜日の夜は混んでいた。順番を待ってテーブル席に座り、あれこれしゃべりながら寿司を食す。

ずっと実家に居座っている佑真に、父も母も、就職はいつなんだと急かさない。自分のアパートに戻れとも言われない。思えば自分の両親はのんびり屋で、小さい頃からのびのびと育ててもらった。人見が酔うとキス魔になるのは、抑圧された何かがあるのかもしれない。特殊な環境で育っているし、父親を早くに亡くしているし、いろいろ抱えた思いもあるだろう。人見は誰にでも優しく人当たりはいいが、あの母親とずっといるとぶつかることも多いはずだ。もっと人見の気持ちを掘り下げて聞くべきだったと後悔した。

（ああ、また人見のこと考えてる……）

イクラ巻きを食べながら、佑真はがりがりと頭を搔いて、吹っ切ろうとした。離れても結局人見が気になって仕方ない。それもこれも、失踪なんてするからだ。

「うわっ、寒ぅ」

一時間ほどで満腹になって回転寿司店を出ると、いつの間にか雪が降り積もっていた。陽菜がマフラーをぐるぐる巻きにして大げさに騒ぐ。雪の結晶が大きくなり、温まった身体が急速に冷えていく。早く帰ろうと足早になると、先を急いでいた陽菜が突然立ち止まった。

「うちの前に、超イケメンが立っている！」

陽菜が甲高い声を上げて、母に腕を絡める。母と父は誰だろうと首をかしげて佑真を振り返った。

「あ……」

自宅の玄関前に立っていた長身の男が振り返り、目が合う。――人見だ。頭や肩に雪が積もっていて、黒いブルゾンがうっすら白くなっている。おそらく佑真たちが出ていった直後に来たのだろう。久しぶりに見ると、佑真の好きな目を引く整った容姿が、かなりやつれている。頬がこけているし、こめかみに痣があり、首に包帯を巻いている。何があったか知らないが、全体的に疲れている。

「人見……」

佑真が思わず近づくと、人見の目がかすかに潤んだ。

「ごめん。こんなところまで押しかけて。アパートには帰っている気配がなかったから、実家にいるかと思ってここまで来た。話があるんだ、一分でいいから、聞いてほしい」

人見は咽を悪くしているのか、しゃがれた声をしていた。悲壮な決意を持って会いに来たのが、その目を見て分かった。

「お友達？　上がってもらいなさいよ、こんな寒い場所で待たせちゃってごめんなさいねぇ」

事情を知らぬ母は、明るい声で人見に手を振り、中に招く。

「そうだぞ、君、風邪をひいてしまうよ。さぁさぁ」

父もニッコリ笑顔で玄関のドアを開ける。先ほどから陽菜は目を輝かせて「お兄ちゃんの友達⁉　ねぇ、マジかっこいいんだけど！」と佑真の背中をつつきまくっている。綺麗でも不細工でもないふつうの顔の陽菜も、佑真と同じくイケメンが好きだ。

「でも……」

人見は佑真を気にするように、足踏みする。

「……よかったら、入れよ。ともかく無事でよかった」

佑真は咳払いをして、人見を誘った。ずっと心配していたので、無事な姿を見て安堵したのは内緒だ。人見が表情を弛め、小さく頷いて中に入ってきた。

佑真の部屋に通すと、電気ストーブをつけて、部屋を暖めた。人見の着ていたブルゾンをハンガーにかけると、人見があちこちに怪我をしているのが見て取れた。擦り傷や切り傷がたくさんあるし、ちゃんとご飯を食べていたのかと疑うくらい痩せている。おかっぱ頭の女の子が無事に戻るか分からないと言っていたが、やはり危険な場所に赴いていたのだ。その理由が知りたくて、怪我の具合が知りたくて、佑真はもやもやした。いろいろあったせいか、以前のように気軽に話しかけられない。

「佑真の部屋……小さい頃と変わってないね」

佑真の部屋の本棚や壁のポスターを眺め、人見がかすかに笑う。人見いわく、小学生の頃、一度だけ佑真の部屋に来たらしい。他にも同級生が何人かいたそうだが、ぜんぜん記憶になかった。それよりも久しぶりに人見と近づき、妙に身体が熱くなるのが不思議だった。意識するというか、人見の匂いや体温を近くに感じる。

「お茶でよかったかしら？　寒かったでしょ、温まってね」

母がお盆にお茶とどら焼きを載せて持ってくる。礼を言って受け取ると、佑真は床に置いた。母がいなくなると、人見は改まって床に正座し、頭を下げた。

「佑真、ごめん。謝ってもすむ問題じゃないけど、謝らせてほしい。君の人生をおかしくしてしまった」

人見のつむじを見下ろし、佑真は居心地が悪くて、あぐらを掻いた。

「女将さんが大晦日に、やってきたよ。悪いのは女将さんだって分かってる」

佑真はため息をこぼして、言った。人見が驚いたように顔を上げる。

「でもお前がうなじを噛んだことは怒ってる。俺の意思を無視してやっただろ。そういう支配的な欲求は許せない」

佑真が自分の気持ちを告げると、人見の顔が青ざめる。

「返す言葉もない……その通りだ」

人見の息遣いが喘ぐようになり、佑真は怒りが和らぐのを感じた。人見は反省している。自分勝手なふるまいだったが、反省している人を鞭打つ趣味はない。

「……あの時は理性飛んでたし、情状酌量の余地はあるよな。許すとは言えないけど、怒りは少し治まった」

うなだれている人見が可哀そうに思えて、佑真は少し笑った。人見の目が潤み、ごめんと小さく呟く。

「――佑真。もう一度、七星荘に来てくれないか？」

次に顔を上げた時、人見は思いがけない発言をした。

「実はあの後、例の妖怪を探しに行った。佑真の性別を戻してもらおうと思って」

佑真はびっくりして口を開けた。まさか妖怪の里に行ったというのは、あの大蛸の妖怪を探しに行くためだったのか？　それであちこちに怪我を？

「明日から一泊してもらう予定を取りつけたんだ。性別を戻すためには、申し訳ないけど佑真に来てもらわなきゃならない。性別が戻れば、番じゃなくなるはずだ。あの時、本能のままに佑真のうなじを噛んでしまって……後から死ぬほど後悔した。これ以外、謝る方法が思いつかなかった」

人見の真剣な口調に、佑真は心を射抜かれていた。うなじを噛んだのは間違っていた行為だが、人見はその後どうすれば佑真にとって一番いい方法なのか考えてくれた。佑真の心を無視していない。

「妖怪の里……行ってきたのか？　よく分からんが、やばいとこだろ？　大丈夫だったのか？」

佑真が思わず身を乗り出して聞くと、人見が苦笑する。

「そうだな、ちょっといろいろやばかったかも。スマホはあの妖怪の情報を得るために、牛頭にとられてしまって、使えなかった」

人見と連絡がつかなかったのは、そういう理由だったのか。佑真には想像もつかない大冒険をしてきたのだなぁと感動した。やはり人見は主人公足りうる男だ。

「……ベータに戻れるのは嬉しいけど、もう一回、あの触手プレイをするのか……？」

ふと大蛸の妖怪を思い返し、佑真はぞっとした。長い足を咽から入れられて、内臓をめちゃくちゃに掻き回されたのだ。簡単にやると言える代物ではない。

「ごめん……他に手がないんだ」

人見が申し訳なさそうに眉根を寄せる。悩ましい問題ではあったが、オメガになってから日々気を遣いすぎて生きるのがつらくなっていた。妖怪の里に行って交渉してきた人見の苦労を考えると、頷くしかない。性別を戻すために、我慢しなければならない。

「分かった。明日だな、行くよ」

佑真が決意を込めて言うと、人見がホッとしたようにやっと微笑んだ。その微笑みを見て、人見がどれだけ今まで思い詰めていたか分かった。そして今頃、人見は内に抱え込む性格なのだと気づいた。佑真は思っていることをすべて口にしてしまう性格だが、人見は反対らしい。

「それじゃ、明日空港で待ち合わせでいいかな。旅費は俺が持つから」

人見が腰を浮かしたので、佑真は目を丸くして手を伸ばした。

「お前、今夜はどうするんだ？　こっちの家、ないんだろ？」

「ビジネスホテルにでも泊まるよ」

せかせかした様子で人見はブルゾンに袖を通す。まだお茶も飲んでいないし、身体も温まっていないはずだ。

「もうちょっと温まってから行けばいいじゃないか。別に俺の家に泊まっても……」

人見の態度が気になり、腕を引っ張ってしまう。すると人見の頬に朱が走り、視線が泳いだ。

「……ごめん。ここにいると佑真の匂いがして、また襲いそうになる」

言いづらそうに人見が呟き、佑真はぽっと顔が赤くなった。人見はわざと佑真の顔を見ないようにして、部屋のドアを開けた。

「明日、八時に羽田《はねだ》で」

人見は待ち合わせ場所を短く告げると、慌ただしげに階段を下りていった。人見が帰る気配を感じ取り、母や陽菜が玄関まで見送りに出てくる。

「突然お邪魔して、申し訳ありませんでした」

人見は営業用のスマイルを浮かべて、頭を下げて帰っていった。佑真はぼうっとしてそれを見送り、壁にもたれかかる。

「お兄ちゃん、顔赤くない？」

陽菜に首をかしげられ、佑真はハッとして頬をごしごし擦った。人見の熱が伝染ったのだろうか。佑真まで体温が上がっていた。

「何でもない。明日ちょっと出かけるから」

人見との関係を聞かれたら困るので、佑真はぶっきらぼうに言って部屋に引っ込んだ。

（あれ、俺、何で寂しがってんの？）

部屋に戻ると、人見の匂いが消えていくのがたまらなく寂しくなり、我ながら動揺した。これは番になった弊害だろうか？　人見と同じく佑真も相手の匂いや体温を感じ取っていた。ずっと一緒にいたら、抱かれたくなったかもしれない。

（やばい……、思い出したら勃ってきた）

人見に抱かれた夜の記憶がまざまざと蘇り、佑真はそれを振り払うためにベッドに潜り込んだ。ずっと頭の隅に追いやっていたのに、人見としゃべったことで、リアルに思い出したのだ。

今夜は眠れるだろうか。佑真は熱い吐息をこぼして、目を閉じた。

翌日は朝から小雨が降っていた。昨夜はあまり寝つけなくて、ほとんど睡眠をとっていない。母の作った手抜きの朝食を食べて、リュックに一日分の着替えだけ入れて家を出る。電車で羽田空港に向かうと、待ち合わせ場所で人見と合流した。人見は昨日と同じ服装で、少しだけ昨日よりは血色のいい顔をしていた。

「来てくれてありがとう」

人見が安堵したように笑う。

搭乗手続きをすませ、飛行機で高知へ向かった。前回戻ってきた時は、もう二度と行かないと思ったのに。帰りの飛行機ではベータに戻っているようにと祈りながらの移動だった。

高知空港で、人見の車に乗り換えると、小雨が降り続く中、七星荘へ向かった。エアコンが壊れているとかで、肌寒かったので、お互いにコートを着たままだ。空港から七星荘まで、車で五時間近くかかる道のりだ。以前なら気楽に会話を楽しんでいたところだが、いろいろあったせいで人見も佑真も口が重くなっていた。

(今さらだけど、人見とヤったんだよなぁ……。おかしくなってたから、ところどころしか覚えてないんだけど)

助手席にいると人見の腕や首筋、端正な横顔が気になって仕方ない。フロントガラスには小雨が当たり、降りやむ気配を見せない。なるべく人見のほうを見ないようにしようと、外の景色に目を向けていた。

最後のサービスエリアで休憩したのは、午後二時頃だった。それから一時間、降りしきる雨を見ながら車に揺られていた。息苦しくなったのは、あと一時間くらいで着くからと言われた時だ。

（あれ、あれ……何か、やば、いかも……）

やけに鼓動が速まり、身体が熱を帯びてきた。息が熱いし、頭が少しぼうっとする。何よりもおかしいと感じたのは、腰に熱が溜まり始めたことだ。

（え、え、何で俺……、興奮してんの？）

理由はさっぱり分からないが、腰が熱いというか、下腹部がもぞもぞするというか、単刀直入にいうと尻が濡れているというか。

（マジかよっ、俺、頭おかしい！　どうしてこんな場所で欲情してんだ！）

窓に顔を向け、佑真は必死にコートで前を覆い、固まっていた。考えられるのは、匂いだ。人見の匂いで、身体の芯が熱くなる。エアコンが効かないせいか、ずっと同じ車内にいて人見の匂いを嗅いでいる。人見の匂いで興奮し、下腹部に異変が起きている。雨が降ってなければ窓を開けてもいいかと言えるのに。人見にばれたらどうしようと佑真は冷や汗を流した。

「……佑真」

ふいに人見がぼそりと呟く。

「は、はいっ!!」

まさか何もない場所で勃起している変態野郎だと気づかれたのではないかと、佑真はひっくり返った声を上げげた。反射的に運転席を見ると、頬を紅潮させた人見が視界に入る。

「ヒート……きてる？　フェロモン、出してない？」

頑なに前を向いたまま、人見が囁く。ハッとして人見の下腹部に目を向けると、自分と同じく興奮している。自分だけではなかった、よかったと胸を撫で下ろし、肩から力を抜いた。

「ヒートじゃないと思うけど……。あとフェロモンは出ないって先生が言ってたし……」

パンフレットの説明では発情期はもっとすごそうな感じで書かれていた。単に互いの匂いを嗅いで、興奮しているだけかもしれない。

「そうか……。ごめん、どこかで車停めるよ。外の空気を吸えば落ち着く……と、思う。同じ車内に俺がいるの、怖いよな。もう絶対、何もしないから」

悲壮な決意を固めて人見が言う。

「いや別に、怖くはないだろ……」

面食らって突っ込むと、驚いたように人見がこちらを見る。

「怖くないの？　襲われるかもしれないのに？」

いぶかしげに聞かれ、そこで初めて人見の意識ではあの夜、佑真をレイプしたことになっているのだと気づいた。

「言い忘れてたけど、セッ……、あの夜抱かれた件についてはぜんぜん怒ってないぞ。すごく気持ちよかったし」

「えっ⁉」

誤解させたままでは可哀そうだったので、言葉を選んで言うと、驚愕したように人見がこちらを見る。その頬がいっそう紅潮したので、佑真まで赤くなり「前見て」と視線を逸らす。人見の体温が上がったのが肌を通して伝わってくる。

「そう……だったんだ、てっきり俺は……。あの、俺も最高に気持ちよかった、よ……」

人見が珍しくしどろもどろで打ち明ける。

「そ、そうですか……」

カッカと頬が熱くなり、佑真は口をぎゅっと結んだ。車内にピンク色の空気が漂い始めたのを感じ、佑真は手をぐーぱーした。汗を搔いている。あの夜の情景が蘇って、腰が疼いている。

(マジで……ヤバいかも)

尻から蜜があふれてきて、下着を濡らすのが分かった。オメガの身体とは、厄介なものだ。女性の膣が濡れるように、佑真の尻も愛液をあふれさせている。尻の奥が疼いて、目が潤んでくる。

「ごめん、俺、シート汚すかも……。お尻、濡れてきた」

消え入りそうな声で呟くと、人見が急ブレーキを踏んだ。突然のブレーキに車体が大きく揺れる。びっくりして運転席を振り返ると、人見が欲情した瞳で佑真を食い入るように見ている。視線が絡み合った瞬間、互いに互いを欲しているのが分かった。鼓動が早鐘のように打っている。

人見は熱っぽい息を吐きながら、再び車を発進させた。

「この先に……、車停められるところある。……停めていい？」

あふれだしそうな感情を無理に抑えたような声で、人見が囁く。停めて何をするか、聞くほど野暮じゃない。

「俺も、そうしたい」

佑真は息を詰めて、言った。車の速度が上がり、互いの息遣いも忙しなくなる。

十分ほど車を走らせた先に、林道に逸れる道があった。人見は迷わずそこへ車を寄せ、道の脇に車を停める。

車内から音がやみ、人見がシートベルトを外す。佑真も震える手でシートベルトを外した。すぐに人見が助手席に屈み込んできて、佑真の頬に手を添えた。少しだけ躊躇するように人見が動きを止めたので、佑真は耐えきれずにその唇に唇を重ねた。人見の手がうなじを引き寄せ、荒々しく唇を吸われる。キスが気持ちよくて、佑真は半開きの目で、人見の唇を吸い返した。重ねた唇の中に、人見の舌が潜り込んでくる。その舌に舌を絡め、佑真はとろんとした目つきで深いキスを繰り返した。

「佑真……」

人見がキスの合間に熱っぽく囁いて、佑真の頬からうなじ、鎖骨から胸へと服の上から触れる。佑真が人見の首に腕を回すと、キスをしながら人見の手がセーターの中に潜り込んできた。アンダーシャツの上から乳首をぐりっと指先で探られ、びくりと身体が跳ねた。触られて自分の乳首が尖っていたのを知った。指先で弾かれ、布を押し上げて膨れる。布越しにぐりぐりと弄られ、甘い声が漏れた。

「人見……、あっ、あっ、やばい、乳首で……」

キスと乳首への刺激で、腰にカーッと熱が溜まる。女性じゃないのに、乳首を弄られて甘い声がひっきりなしに漏れる。両方いっぺんに弄られると、身体の奥がきゅんとなる。

「こ、ここ、誰も通らない……？」

人見にくっつきながら、潤んだ目で問いかける。

「こんなところ、誰も通らないよ。佑真、こっち、来られる？」

人見がシートをずらし、後ろへ倒して手を伸ばす。佑真は狭い車内をよろよろしながら移動した。

人見を跨がるようにして座ると、背中に手が回って、激しく唇を貪られた。

「本当だ、ここ……、湿ってる」

人見の手が尻のはざまを揉み、煽るような口調で耳朶を食む。ズボン越しに尻の穴をぐりぐりされて、佑真は腰を震わせた。下着がぐちゃぐちゃになっているのが気持ち悪い。息を荒らげながらベルトに手をかけ、ズボンを下ろすと、同じように人見も下肢をくつろげる。露わになった二人の性器が反り返っていて、余計に興奮した。

「こんなに濡らしてたの……？」

人見が指を尻の奥に入れて囁く。無性に恥ずかしくなり、佑真は人見の胸にもたれかかった。内壁を広げるように動かされ、息が詰まる。

「い、わないで……っ、もう尻、やばい……、あ……っ、は、ぁ…っ、ぁ……っ、んう」

尻の穴はとっくに柔らかくなっていて、これ以上弄られると人見をひどく汚しそうだった。

「お願い、もう入れて……我慢、できない」

佑真は荒い息遣いで人見の耳元で囁いた。人見の息も荒くなり、性器に腰を誘導される。

「入れるよ……？」

乱れた息遣いで人見に聞かれ、佑真ははぁはぁと息を喘がせて首をすくめた。人見が欲情した目つきで硬く反り返った性器を尻の穴に押し当ててくる。

「ゆっくり、腰、下ろして……」

人見の指で尻の穴を広げられ、佑真は息を荒くしながら腰を落とした。ズボンが膝にとどまったままなので大きく脚を広げられなくて入れづらかったが、ぐっと腰を下ろすと内部に先端がめり込んできた。

「あぁ……っ、ひ、は……っ、熱……ぅ、あ……っ」

ぐぐ、と性器が内部に入り込んでくる。硬くて熱くて、中が蕩けそうになる。内壁を通る感覚があまりに気持ちよくて、佑真は一気に奥まで押し込めた。

「ひぁ……っ、はぁ……っ、あ、あ……っ」

身体の奥を熱で貫かれると、銜え込んだ内部が収縮し、じんじんとした甘い疼きを全身に巡らせた。男の性器を銜え込んで悦んでいるなんて、と自虐的な気分にもなるが、女性との性行為では決して得られない、深い快感がそこにはあった。

「すごい……佑真、気持ちいい……」

人見が背中に手を回し、唇を舐め回す。佑真は息も絶え絶えで、繋がった状態で人見に抱きついた。

「うん……俺も。気持ちいいよぉ……」

内部で脈打つ熱が愛おしくて、目から涙が滲み出る。太腿は震えるし、はぁはぁと忙しない息が続く。

「このままずっとこうしていたい……。佑真、好き」

繋がった腰を軽く揺さぶりながら、人見が唇を食む。人見の手がアンダーシャツを潜り抜け、直接乳首を摘まむ。乳首を引っ張られ、ぞくぞくと背筋を何度も震えが走る。乳首を弄られるたびに銜え込んだ奥を締めつけ、人見の形が分かるほどだ。

「人見……、ぁ…っ、ひゃぁ……っ、待って、イっちゃう」

軽く揺さぶられているだけなのに、後から後から快感の波に襲われ、佑真はのけ反った。ズボンが絡まっているせいで身動きが取れなくて、人見に下から突き上げられるとあっという間に絶頂に達する。

「ひぁ…っ!! はぁ…っ、あ、ああ…っ」

精液が止まらなくて、佑真は甲高い声で腰を引き攣らせた。とっさに手で受け止めたが、人見の衣服も汚してしまった。

「待って、待って、う、ごかない、で…っ、駄目」

射精している間も腰を揺すられて、佑真は悲鳴じみた声で人見の胸にもたれかかった。人見が忙しなく息を乱し、佑真の耳朶に舌を差し込む。

「ごめん、腰が止まらない」

上擦った声で人見が呟き、激しく腰を揺さぶる。ぐちゅぐちゅという濡れた音が耳から佑真を犯す。騎乗位のせいか、揺さぶられているうちに、どんどん深い奥まで人見の性器が突き上げてくるようになった。怖いのに、どうしようもなく感じてしまって、佑真は喘ぎまくった。

「あっ、あっ、あぅ、う……っ、やぁ、またイく、イきっぱなしになる……っ」

荒々しく腰を突かれ、佑真は生理的な涙を流しながら叫んだ。気持ちいいのがずっと続いていて、繋がった奥も、乳首を弄られるのも、蕩けるような快感になっていた。握ったままになっている自分の性器からは、絶えず蜜があふれ続けている。

「佑真、俺もイきそう……っ、腰抜いて」

人見が切羽詰まった声で言う。今頃避妊具なしで行為をしていたのに気づいたが、もうどうでもよかった。

「出して、中に出して」

甘ったるい声で叫び、人見の唇をふさぐ。無意識のうちに銜え込んだ人見の性器を締めつけると、くぐもった声で人見が身体に力を入れた。

「佑真、うっく……、出すよ……っ」

耐えきれなくなったように人見が一瞬佑真の腰を強く抱く。次の瞬間、内部で人見の性器が膨れ上がり、射精したのが分かった。

「はぁ…っ、はぁ…っ、あ、あ…っ」

人見の身体から緊張が解け、うっとりした目つきで激しくキスをされる。人見のキスは甘く、くっついていると経験したことのないような充足感を覚えた。背中を撫でられると、人見の首筋に鼻先を押しつけ、べったりと寄り添ってしまう。

「佑真……、俺、君がいないと生きていけないよ」

人見の手が頭を撫で、吐息が耳朶や頬にかかる。何か返さなければと思いつつ、息が乱れて抱きしめ返すことしかできない。

身体がふわふわするような甘い感覚がずっと続いている。

これは一体何だろうと思いながら、佑真は人見の心臓の音を聞いていた。


結局車の中で二回戦してから、七星荘へ急いだ。車内はくらくらするくらいの淫靡《いんぴ》な匂いが充満していたので、雨が降っていたが窓を開けて空気を入れ替えた。ボックスに入っていたウエットティッシュで互いの汚れを拭いたものの、下着は汚れてしまったし、ズボンもあらぬ場所が湿っているしで赤面の至りだ。

ほどなくして宿の駐車場に車を停めると、ぎこちなく赤くなったまま車から降りた。

「蓮！　佑真君も！」

車の音を聞きつけ、宿の玄関から都が飛び出してくる。続いて女将も、転がるように駆けつけた。二人の顔が安堵に包まれるのを見て、カーセックスなどしている場合ではなかったと反省した。二人とも、人見の無事な姿を見るまで心配だったのだろう。

「アタシが悪かったよ、この通りさ、許しておくれ」

女将はげっそりした顔つきで人見に謝っている。温泉が出なくなったと言っていたし、人見の消息も知れず、八方ふさがりの気持ちだったのだろう。

「蓮。例の妖怪、もう着いてるわよ」

都が耳打ちする。人見は泣き崩れる女将の肩を叩き、佑真に目配せした。

「先にシャワー、浴びたいよね……?」

宿の中に足を踏み入れながら、人見が小声で耳打ちする。確かに汚れた下肢を洗いたい気持ちはある。けれど、あの大蛸の妖怪にこれからされることを思えば、二度手間になりそうで面倒くさくなった。絶対また吐くだろうし、二度も風呂に入るのは嫌だ。

「このまま行くよ」

意を決して言うと、人見が唇をきつく結ぶ。

「分かった。佑真、行こう」

女将と都をロビーに残し、佑真は人見に手を引かれ、二階に上がった。岡山の姿はないようだ。温泉が出なくてキャンセルが相次いだというし、休んでいるのかもしれない。

二階に上がり、宴会場に行くと、自然と震えが止まらなくなった。身体はまだあの時の恐怖を覚えていて、宴会場に入る足取りが重くなる。

それに気づいた人見が手を離し、一人で宴会場のふすまを開き、中に入っていく。

「蓮です。ご足労、ありがとうございます」

人見が妖怪と話しているのが聞こえる。このままじゃ駄目だと佑真は勇気を振り絞り、ぎくしゃくした足取りでふすまの奥へ足を踏み入れた。

「ひえっ」

宴会場には大蛸がところせましとうねうねした足を伸ばしている。何度見ても異様で、気色悪い。顔色一つ変えずに挨拶を交わしている人見が勇者に見える。

『わざわざ来てやったが、温泉が出ないというじゃないか』

大蛸の妖怪は不機嫌そうに足をにょろにょろと動かしている。そのうちの一本が静かに忍び寄り、佑真の腰に伸びる。

「後でおもてなししますので、ご容赦願います。早速で悪いのですが、佑真の性別を元に戻してくれませんか?」

佑真に絡みつこうとした足を手で制し、人見がきっぱりと言う。

『分かっておる。対価はもらったからな……。変えたり、戻したり、面倒くさい奴らだなぁ』

ぼやくように大蛸の妖怪が言う。人見がホッとしたように息を吐き、佑真を前に出した。危険な目に遭わないように、人見はすぐ傍で見守るようだ。佑真も覚悟を決めて、大蛸の前に立った。長い足が佑真の顔の前に移動してくる。

「うっ、グロ……」

つい小声で本音が漏れ、大蛸の目がぎょろりと動いた。

『口を開け』

指示されて、恐ろしかったので目を閉じて口を開けた。すると粘着質のものが口の中に入ってきて、吐きそうになる。息苦しくておえっとなっていると、人見が「鼻で息をして」とアドバイスする。必死に鼻で息をするが、咽の奥へ足が入ってくるたび、意識が遠のく。

『美味そうだなぁ。この人間、食ってみたいなぁ。いやいや、分かってる小僧、そう睨むな。……ん？　おおぅ、これは……』

急に大蛸の声色が変わり、いきなり足が抜かれる。自由になってげーっと吐き出したが、唾液しか出なかった。人見は不安そうに嗚咽している佑真と大蛸の妖怪を交互に見やる。

「戻してくれたんですか？」

人見が眉根を寄せて聞くと、大蛸の妖怪が二本の足を絡めた。腕組みだろうか？

『まだ小さいが、子どもの種がいる。変えていいのか？　変えたら消えるが』

大蛸の妖怪に言われ、佑真と人見はカチンと固まった。

今、何と言ったのだろうか……？

「……」

人見がくしゃりと顔を顰めて、うつむく。

「こ、どもの種って……何だ？」

濡れた口元を拭い、佑真は恐る恐る尋ねた。あまり聞きたくないが、聞かないと後悔しそうなので口にした。

「……」

人見は複雑そうな表情で佑真を見つめる。その顔を見ていたら、何となく察しがついた。

「いわゆる、孕《はら》んだ、的な……？」

小声で言ってみると、人見が無言で頷く。

「たぶん、あの夜の……。ゴムなしで何度もしたから……。でも佑真、まだ形にもなってないだろうし、佑真のしたいことを優先してほしい」

人見は感情を押し殺している。佑真は、頭が真っ白になって、硬直した。

考えてみればオメガの身体になっていたのだし、妊娠してても当然だ。本能のままに性行為をして、何もないわけがない。

どうしよう。

佑真は一瞬だけ、迷った。オメガになって毎日怖くて、外を歩けなくなって、元の性別に戻りたいと願っていた。だが――。考えるまでもなく、佑真の答えは出ていた。

この身に宿った命を殺せない。

佑真は両親に愛されて育ってきた。命の大切さを教わってきた。嫌いな相手の子どもではないし、ずっと好きで、離れるのがつらくて、こんな状況でも信用できる人見が相手だから――。ましてや大好きな推しのDNAを持っているならなおさら！

「とりあえず、結婚しよう」

佑真は気づくとそう言っていた。

「え？」

ぽかんとして人見が間抜けな面をさらす。間抜けな面でもやっぱり格好良くて、この先も見ていたい顔だ。

「俺はできちゃった婚があまり好きじゃないんだ。生まれてくる子どもが望んでできた子じゃないのかと疑いそうで。プロポーズの返事は今する。オッケーだ。結婚する」

口早に佑真が言うと、人見の頬が赤くなり、くらくらしたように額に手を当てる。

「ちょっと待って。え、それって産んでくれるってこと？　いいの？　佑真、本当にいいの？　俺はものすごく嬉しいけど、俺の家、こんなだよ？」

「家と結婚するわけじゃない。お前と結婚するんだ。こんなモブキャラの俺がまさかお前のようなイケメンと結ばれるとは思わなかったが、お前の遺伝子を受け継ぐ子どもを身ごもった以上、世の中に出さないという選択肢はありえない。あとは万物の神に祈ってお前の遺伝子を色濃く受け継いでくれるよう願わなければ」

拳を固めて言うと、人見の顔が泣きそうになり、破願した。

「佑真……最後までよく分からない……。幸せにする。絶対するから」

人見の手が伸びて、ぎゅーっと抱きしめられた。先ほどまでの熱を思い返し、目がとろんとなったが、いい場面だったので黙って抱き返した。

「そんなわけで、もうけっこうです。触手プレイは苦手なので」

後ろでうねうねしている大蛸の妖怪に言うと、『そうかい』と呆れられる。

「あと、温泉……たぶん、出るんじゃないかな。出なくなった原因、あれだと思うから」

佑真は視界の端に見えたおかっぱ頭の女の子を指さして言った。振り返った人見がびっくりして、目を見開く。

「あれ、福の神なんだろ？　ずっと俺んちにいたぞ。そのせいで温泉出なくなったんじゃないか？」

抱きついている人見に言うと、おかしそうに笑いだす。

「あれは座敷童《ざしきわらし》だよ。佑真のところにいたんだ？　すごいね、気に入られたんだ」

何と女の子の正体は座敷童だったのか。どうりで我が家に福が舞い込んできたはずだ。実はひそかに甘いものをあげていたと言うと、複雑そうに苦笑される。

「佑真って妖怪に好かれるよね……心配だなぁ」

人間の中では妖怪よりの人見が呟く。そんな設定はごめんだと顔を顰め、佑真は人見に寄り添った。

◆8　その後の二人

七星荘の周りには桜の木が多く、春が来るといっせいにピンク色で覆われる。温かな四月中旬、佑真は山菜を摘みに行くために裏口から外へ出た。駐車場に軽トラックが停まっていて、野菜の詰まった段ボール箱を開けながら大和と都がしゃべっているのが見える。都は佑真と話す時と違い、きらきらした笑顔だ。大和も紅潮した顔で都を見つめている。宿から女将の大声がして、都ががっかりした様子で戻っていく。野菜の買い付けは終わったようで、大和は段ボール箱をしまい始める。

「あれっ、お兄さん、戻ってきたの⁉」

都とすれ違いに軽トラックに近づくと、大和が驚いたように目を大きくした。

「その節は大変お世話になり……」

佑真は大和の前で深々とお辞儀した。あの時大和がいなければ、もっと悲惨な気持ちで東京に帰っていただろう。

「一応戻ってきたんだが、買い付けは都さんがやりたいって言うんだ。大和さんもそのほうがいいだろ？」

探るような目で聞くと、大和が野球帽を被り直して、照れたように鼻を掻く。

「あぁ、まぁ……その、今度都さん、俺の好きなバンドのライブに誘おうかなと思ってんすけど……」

傍から見たらいい感じだと思っていた二人は、あと一歩が踏み出せないようだ。

「うん、それは間違いなく駄目だな」

佑真がきっぱりと言うと、大和がショックを受けて固まる。

「いや、断られるって意味じゃなくて、都さん、そういう場所じゃ絶対倒れると思う。いやむしろ、介抱イベを起こすために行ったほうがいいか？　いやいやそれは二度目か三度目のデートで起こるべきイベントだろ。最初は無難に海を見に行くとか高原に行くとかのほうがいいと思うぞ」

佑真が滔々と語ると、大和が不可解そうに首をひねる。

「あと大和さんっていくつ？」

「自分、二十七歳っす」

「まさかの年上！　じゃない、だったのですね」

てっきり自分より年下だと思っていたので、佑真は口調を改めた。見た感じ、二十代前半なのに。

「都さん、三十二歳。そういうの気にならないなら誘ったら絶対オッケーしてくれると思う」

「マジすか。自分、年上好きっす。ていうか、あんな綺麗な人が俺なんかに応じてくれるかなぁ」

大和は自信なさそうだが、都の態度を見ていれば問題ないはずだ。目の大きさも声の高さも、佑真と話す時に比べ、はるかに上回っている。

「あのー……、年末の時、何があったか聞いていいすか？」

荷物を片づけ終えた大和が、声を潜めて尋ねてくる。大和は以前ここの姉弟は魔物に魅入られていると言っていた。一番問題なのはそこかもしれない。大和に乗り越えられるだろうか？

「君が身内になるというなら話すけど」

大和をこの場で脅かすのはよくないと、佑真はそう言った。大和が気を引き締めるように唇を固く結んだ。

「俺は大歓迎だからね」

大和が身内に加わってくれたら有り難いので、佑真は軍手をはめている大和の手をぎゅっと握った。はぁ、と複雑そうな表情だった大和が、ハッとしたように佑真の手を振り払う。

「あ、じゃ、じゃあまたよろしくお願いします」

大和は帽子を下げ、慌ただしい様子で軽トラックに乗り込む。異変を感じて振り向くと、いつの間にか後ろに人見が立っている。面白くなさそうに軽トラックを睨みつけているので、大和を威嚇したのだと察した。

「何で、手を握ったの？　する必要ないよね？」

人見に詰問され、佑真はなだめるようにその背中を叩いた。人見と深い仲になって初めて知ったのだが、人見はものすごく嫉妬深い。ちょっとでも他の男と触れ合っていると、相手を威嚇する。女性が相手の場合は、わざと割り込んで女性の視線を自分に集める。昔は人見を優しくて穏やかな男と思っていたが、今は心の狭い独占欲の塊だと悟った。

「ちょっとした挨拶だよ。いずれ義兄になるかもしれない男だぞ。仲良くしろって」

「え、まさか姉さんと？　あんないかにも元ヤンキーみたいなのが？」

人見はぜんぜん気づいていなかったらしく、呆気に取られている。

「でもやっぱり手を握る必要はないよね。不快だからやめてね」

佑真の左手を握り、人見が言う。

「何で結婚してからのほうが、束縛が強いんだ？　番なんだから、お前以外目がいかないって分かってるだろ？」

人見に握られた薬指に光る指輪を見やり、佑真は首をかしげた。

一度は東京に戻り、何もかも忘れようとした佑真だが、妖怪に孕んでいると指摘され、人見と結婚することを決意した。あの頃を思い返し、佑真は苦笑した。家族はびっくりして、父などはショックのあまり寝込んでしまった。家を継ぐと思っていた佑真が、嫁に行ってしまったからだ。母と妹の陽菜はイケメンの義兄ができて喜んでいた。佑真のイケメン好きは母の遺伝かもしれない。

いろいろな手続きをしているうちに体調が悪くなり、つい先日まで佑真は神奈川の実家にいた。人見はしょっちゅう来てくれて、佑真の身体を気遣った。安定期に入ったので七星荘へ戻ってきたのだ。というのも、例の座敷童が佑真を気に入りすぎて、常に佑真の傍にいるようになったせいだ。座敷童がここにいないと温泉が出ないのだ。おかげで佑真が戻ってこないと旅館営業は成り立たず、女将はすっかり自信を失っている。前は自分がこの宿を切り盛りしているという自負があったのだろう。それは勘違いだったと気づいたようだ。

佑真と座敷童が戻ってきて、温泉が出始めると、妖怪たちも連日宿泊にやってきた。名実共に人見家に入った佑真は、もう妖怪が手出しできない立場にいる。とはいえやはり恐ろしい妖怪も多いので、相変わらず接客は任せている。岡山と一緒に厨房で働き、甘味を作るのが日課となっている。

「なぁ、人見。……じゃない、蓮」

ついつい、いつもの癖で名字を呼んでしまい、慌てて言い直す。自分も人見になったので、呼び方を変更せざるをえなくなった。

「何？」

人見が蕩けるような笑顔で振り返る。何度見ても飽きることのない、いい顔だ。端正で切れ長の目が自分を見つめると、うっとりしてしまう。どうか腹の中にいる子どもが人見のように美しい顔立ちで生まれてきますようにと願わずにはいられない。

「もうお客さん帰ったから、夕食の後、一緒に風呂に行かないか？」

宿の玄関の前で抱きついて耳打ちすると、人見の体温が上がるのが肌を通して伝わってくる。明日まで客は来ない。人見といちゃいちゃするチャンスなのだ。男湯なら女将も都も入ってこない。客がいなければ何をしようが自由だ。

「いいけど……大浴場でするの？　部屋ですればいいのに」

佑真の誘いに気づき、人見が不思議そうに聞く。

「あのな、汚れたシーツを洗濯していると都さんにお盛んねって嫌味を言われるんだぞ。それに耐えている俺の気持ちにもなれ。だから俺は早く大和さんと都さんをくっつけたいのだ」

じろりと人見を睨みつけ、佑真は小声で言う。人見が首をすくめ、顔を覆いながら分かったと頷いた。

人見とは上手くいっている。上手くいきすぎるほどいっている。夜の営みは都に呆れられるほどお盛んだ。一緒の部屋で寝ているとすぐその気になってしまうし、くっついているだけでムラムラしてくる。これまで自分がこんなに性欲が強いと思っていなかったので、驚きの事実だ。オメガになったせいか、あるいは番になったせいか。

最初は外に出るのが怖かったオメガという性別——今ではすっかり慣れて平気になった。というのもここは山の中で、人なんかめったに来ない。山を下りる時はたいてい人見と一緒なので、不安は払拭されている。思えばあの頃異常に外に出るのを恐れたのは、番相手である人見と離れたせいかもしれない。オメガとアルファは常に寄り添う存在なのではないだろうか。

「じゃ後で」

一度人見と別れ、佑真はいそいそと厨房に戻った。残りの仕事を早く片づけて、人見とじっくり愛し合おう。そう心を浮き立たせながら、佑真の足取りは軽くなるのだった。

とっぷりと日が暮れてから着替えを持って大浴場に向かった。まだ人見は来ていなかったので、先に脱衣所で衣服を脱ぐ。風呂場で思いきり楽しむために用意した物を取り出し、広げた。長方形の形をしたエアーマットだ。昔海水浴で使ったものを実家から持ってきた。一生懸命膨らましていると、人見がやってきた。

「な、何してるの？」

脱衣所でエアーマットと格闘している佑真を見て、人見が顔を引き攣らせる。

「これ使おうと思って」

エアーマットに空気を入れ、佑真が晴れやかな笑顔を浮かべる。

「お客様、風呂場にそのような物を持ち込まれては……」

人見がドン引きして棒読みで告げる。

「何言ってるんだ！　ほら、床がぬるぬるして滑りやすいだろ？　身重の俺に何かあったら大変だからな。この上でヤれば安全だ」

猛抗議して、エアーマットと共に大浴場に入る。男湯は横に長い造りで、シャワーや洗い場が十ほどある。L字型の湯船には掛け流しの源泉が絶えず流れていて、奥には露天風呂に続く扉がある。浴室は湯気でいっぱいで、佑真はど真ん中にエアーマットを置いた。大人が寝そべることができるくらいの大きさだ。

「何かソープっぽくない？　行ったことないけど」

人見は風呂場にエアーマットがあるのに抵抗があるようだ。佑真もソープランドは利用経験がないので、そうかなぁと首をひねった。

「それより身体洗おう」

佑真がボディタオルを取り出して言うと、人見がその手を止める。

「俺が洗ってあげる」

ボディタオルを脇に追いやられ、人見が佑真をエアーマットに寝かせる。何をするのかと思ったら、ボディソープのボトルを横に置き、佑真の腰を跨ってきた。

「手で洗うのか……」

液体を手に取り、背中を撫でられて、佑真は少し考え込んだ。佑真はタオルでごしごし洗いたいタイプだ。手で洗われるのは、どうもすっきりしない。

「佑真、肌が綺麗なんだから、手で洗ったほうがいいよ」

人見がそう言いながら肩から二の腕、脇から脇腹へとぬるついた手を滑らせる。人見の手はそのまま腰から下へと移動し、尻のはざまを洗い始めた。

「ん……」

人見の指が敏感な尻の穴を撫でる。入りそうで入らず、何度も往復されてじれったい。人見は中へは指を入れないまま、脚の付け根から下へと大きな手のひらで撫で続けた。

「マッサージみたい……」

人見の手であちこち揉むように撫でられて、うっとりして佑真は呟く。足の裏や指の股まで丁寧に洗われて、徐々にもぞもぞしてきた。

「こっち向いて」

仰向けにされて、人見と目が合った状態で上半身を撫で回される。

「……はぁ……、ぁ……っ、ん……っ」

胸に円を描くように触られ、ぷくりと乳首が尖る。人見の指でぴんぴんと弾かれ、じわぁっと奥が疼く。

「佑真、乳首、好きだよね……。ここ、すぐ硬くなる」

佑真の乳首を指先で摘まみ上げ、人見が目を細める。ボディソープのせいでぬるついて、強めに摘ままれても気持ちいいだけだ。

「ん……っ、す、好き……っ」

両方の乳首を指先で弾かれて、甘い吐息をこぼしながら佑真が言う。それに応えるように人見は乳首を潰したり、引っ張ったりする。性器にはなかなか触らず、ずっと上半身ばかり撫で回される。せいぜい移動しても腹の辺りまで。

「ん、ん……っ、はぁ……っ」

まだ乳首しか愛撫されていないのに、性器がぐっと反り返って人見の前にさらされる。気づいた人見がやっと性器を握ってくれて、直接的な快感に腰がびくっと震える。

「すっかりここだけで濡れるようになったね……。はぁ……、やらしい」

人見が揶揄するように性器の先端を指先で弄る。佑真は身体をくねくねさせて、熱い息を吐き出す。

「まだ身体洗ってるだけだよ」

意地悪く人見が囁いて、腹や太腿、膝から下へと液体を泡立てていく。勃起した性器は丁寧に洗われ、全身を泡でいっぱいにされた頃には、はぁはぁという喘ぎが漏れていた。

「お、俺も……洗う」

熱くなった身体を厭いながら、佑真は起き上がった。今度は人見を寝かせ、ボディソープを腹の辺りに垂らす。泡立てたボディソープを全身に広げていると、人見の手が佑真の腰を引き寄せた。

「ね、佑真の身体で洗って」

ねだるような言い方で誘われ、佑真は見様見真似でぬるついた身体を人見の身体に擦りつけた。

「あ……っ、は……っ、これやばい」

重ねた身体が泡と液体で滑る。胸を擦り合わせると佑真の尖った乳首が人見の肌に当たって、じんとした甘い電流が走る。甲高い声がひっきりなしに漏れるようになり、頭がぼうっとしてきた。

佑真の痴態に人見もとっくにその気になっていて、互いの勃起した性器がぶつかる。

「ん、俺も気持ちいい」

人見は佑真のうなじを捉え、唇で撫で回す。風呂場の熱気と、互いの熱が重なって、とろんとしてきた。人見に何度も唇を吸われ、くったりと覆い被さる。キスが気持ちいい。人見とキスすると満たされて、身体の奥がじんじんする。

「ここも……ぐしょぐしょだね……。まだ弄ってないのに」

人見の手が尻の穴に潜ってきて、内壁を掻き回される。濡れた卑猥な音がそこからして、恥ずかしくなった。オメガになって嫌だなと思うのは感じると尻が濡れることだ。どうやってもごまかしようがなくて、身の置き所がない。受け入れる準備がすぐにできてしまう。

「もぅ……入れてほしい」

人見の耳朶を噛んで言うと、笑いながら尻の中に入れた指を動かされた。すでに感度が高まっていて、これ以上弄ってほしくない。

「一度、洗い流すよ」

人見が起き上がり、シャワーを伸ばして互いの身体の泡を流す。息を整え、佑真は再びエアーマットにうつ伏せになった。

「なぁ、寝バックってやってみたい」

スマホで検索した際に見つけた体位を提案すると、人見が「どういうの？」と首をかしげる。佑真がうつ伏せに寝そべった状態で繋がる形を説明すると、ふーんと言いながら跨がってくる。

「入れるよ……」

佑真の濡れた尻の穴を広げ、人見が勃起した性器の先端を押し込んでくる。熱い塊がぐぐっと内部にめり込んできて、佑真は息を詰めた。

「は、ひ……っ、あ……っ、はぁ……っ」

人見の大きい性器を受け入れるのは、たとえようもなく心地よく、それでいて苦しい。最近では苦しいのは最初だけで、奥までカリで突かれると、達してしまいそうなほどの快感だ。

「もう中、うねってるじゃない……。そんなに気持ちいいんだ？」

奥まで性器を埋め込んだ人見が、重なるようにして囁く。大きな身体に覆い被さられると、腰がひくつくほど感じる。無意識のうちに銜え込んだ人見の性器を締めつけるし、太腿が震える。

「すっごい、いいー……っ、は……っ、ひ……っ」

人見の手が前に回り込んで、乳首をぐねぐねと弄る。人見は馴染ませるためにすぐには動かず、佑真のうなじを吸い、乳首を愛撫する。

「はぁ、ああ、も……っ、ん、ぅ……っ、……っ」

人見は動いていないのに、勝手に腰がひくついて、じんじんとした甘さが全身に広がっていく。

「待って、も、イきそ……」

乳首を弄られるたびに身体がびくつくようになり、佑真は喘ぎながら訴えた。人見の舌が耳朶の穴を探り、熱い息が吹きかけられる。時折足がピンと伸び、深い快感に身を委ねそうになる。

「まだ動いてないよ……、もうイっちゃうの……?」

耳朶のふっくらした部分を甘く歯で噛まれ、佑真は忙しない呼吸を繰り返した。はぁはぁと息を乱し、繋がった腰を痙攣させる。

「あ、あ、あ……っ、うう——……っ」

軽く人見に腰を揺さぶられ、それが引き金となって佑真は全身を引き攣らせた。我慢できずに精液を吐き出し、銜え込んだ人見の性器をきつく締めつける。

「すごい……、佑真イってる時、気持ちいー……」

佑真の息も乱れていたが、人見の息遣いも荒くなった。性器から白濁した液体が出終わると、ぐったりとして身体の力を抜く。とろんとして、甘ったるい感覚だ。人見は佑真の呼吸をなだめるように、身体のあちこちを撫で回す。敏感な場所に触れられると自然と身体が跳ねてしまい、気持ちいい感覚が続いた。

「俺も動くよ……」

佑真の息遣いが治まった頃、人見が上半身を起こして言った。人見は佑真の両足をM字開脚させて、ぐーっと奥まで性器を押し込んできた。

「ひ、あ……っ、それ、深い……っ」

かなり奥まで人見の性器が入ってきて、佑真は引き攣れた声で呻いた。

「うん、すごい気持ちいい……、奥まで当たってるね？」

人見が上体を起こしたまま、腰を穿ち始める。整ったはずの息が再び乱れ、人見が腰を突き上げるたびに嬌声がこぼれた。人見は深く性器を押し込んだまま、ぐりぐりと深い場所を掻き乱す。

「あ……っ、あ……っ、や、ぁ……っ、そこ、駄目……っ」

怖いほど深い快楽に襲われて、佑真は浴室内に響き渡る声で喘ぎまくった。それに煽られたのか、人見は駄目だと言っている場所を重点的に責め始める。

「駄目じゃないでしょう、ずっときゅんきゅんしてる……っ、はぁ、俺も気持ちいいよ、腰、止まらない」

人見の腰の動きが徐々に深くなり、繋がった部分からぐちゅぐちゅという激しい水音が響いた。内部を激しく穿たれ、佑真は何度も痙攣した。快楽が深くなり、頭がぼうっとする。身体の芯を、熱くて気持ちよくておかしくなる棒で、延々と突かれている。

「やー……っ、あー……っ、あー……っ!!」

声を出さないと耐えきれないような快感に何度も襲われ、佑真は救いを求めるように身悶えた。

いつの間にかまた絶頂に達していたようで、身体の下がびしょびしょになっている。

「駄目、抜いて、待って、一度抜い、て……っ、ひあぁあ……っ‼」

すぎた快楽につらくなり、前へ逃げるような動きをすると、人見が佑真の両腕を摑んで、押さえつけてきた。人見はよりいっそう激しく、佑真の内部を突き上げる。身動きが取れない状態で、内部をゴリゴリ掻き回され、佑真はひっきりなしにあられもない声を上げた。

「出すよ……っ、いっぱい注ぎ込むから……っ」

佑真の耳朶に唇を寄せて、人見が奥へ奥へと性器を押し込める。一番深い奥まで犯された時、内部に熱い飛沫が注がれた。その時にはもう佑真は息も絶え絶えで、何度も腰を痙攣させていた。どくどくと脈打つ人見の性器を感じながら、佑真は忘我の状態で呼吸を繰り返した。

「ひ……っ、は……っ、はひ……っ」

舌が回らず、全身が性感帯になったみたいに、どこを触られても感じてしまった。人見は獣のような息を吐き出しながらずるりと性器を尻から引き出す。ドロッとした液体が、人見の性器と佑真の尻の穴で繫がる。

「はぁ……、はぁ……、佑真、大丈夫？」

うつ伏せの状態で身動きが取れずにいる佑真を、人見が反転させる。

「ずっとイってたの……？　どろどろだよ」

佑真の下肢に広がる液体を指先ですくい、人見が嬉しそうに言う。そんな動きにも、まだ身体が跳ねる。

「……今の、失神するかと思った」

はぁはぁと息を荒らげ、佑真はとろんとした目で呻いた。人見が濡れた瞳で覆い被さってきて、佑真の唇を吸う。

「これ、いいけど、のぼせそうだね」

佑真を抱きしめてキスしながら、人見が笑う。エアーマットはいいアイデアだったが、確かにこのままこうして行為を続けると、脱水状態に陥りかねない。今度は水を用意しておかなければ。

「お前の顔見ながらしたい……」

人見の首に腕を回し、佑真はうっとりしながら囁いた。寝バックは非常に刺激的だったが、唯一の問題は美しい人見の顔を見られないことだ。やっぱりこの顔が好きだ。人見のイく時の色っぽい顔を見たい。

「俺の顔、飽きないでよね？」

佑真の頰を撫でながら、人見がふと心配そうに呟く。人見と人生を共にする覚悟はできているのだ。いずれ生まれてくる子どもが美形なら、なおいいのだが。

ずっと『ふつう』という枠からはみ出さずに生きていくと思っていた自分が、こんな不思議な場所で数奇な運命に遭っている。本当は『ふつう』なんてなかったのかもしれない。自分の意識次第で、環境は激変する。

「たぶん、大丈夫。一生飽きないと思う」

佑真がうっとり見惚れて言うと、複雑そうに人見がキスをしてきた。

あとがき

はじめまして＆こんにちは夜光花《やこうはな》です。

何だかんだと初めてのオメガバースです。似たような設定はたくさんやっているのですが。オメガバース初めてだったので設定チェックしたところ、細かい部分がいろいろありすぎてよく分からなかったので基本設定だけ使っております。初クロスノベルスだったので、ラブコメにしたいなぁと思い、明るい話にしてみました。

いつも攻めをかっこよく書きたいとばかり思っていて、受けに対する愛が足りないかもと気づき、むしろ受けはモブでいいんじゃないかと思ったところからモブキャラのような受けになりました。自分は平凡だなぁと思っている受けですが、周囲から変人呼ばわりされているのに気づいてないだけですね。思い込みが激しいのでしょう。

攻めはいろいろ抑圧された何かがまだありそうな気がします。悶々と考えるタイプなので、裏表がない受けといる時だけリラックスできるという。脇役の大和《やまと》と都《みやこ》はくっつきそうだけど、大和が家族と親戚中から猛反対されそうな気もします。

推し（攻め）が大好きな受けの話。楽しく書けました。

イラストを担当して下さったみずかねりょう先生、お忙しい中、ありがとうございました。まだ作品拝見できていないのですが、出来上がりを楽しみにしております。みずかね先生の描く人見《ひとみ》ならきっとかっこいいに違いない！　と。期待に胸をふくらませております。

担当様、初のお仕事、とても丁寧にやっていただき感謝しております。今後もどうぞよろしくお願いします。

読んで下さった皆様、感想などありましたら聞かせてほしいです。よろしくお願いします。

ではでは。

また別のお話で出会えるのを願って。

夜光花

CROSS NOVELSをお買い上げいただきありがとうございます。
この本を読んだご意見・ご感想をお寄せください。

〒110-8625 東京都台東区東上野2-8-7　笠倉出版社
CROSS NOVELS 編集部
「夜光 花先生」係／「みずかねりょう先生」係

CROSS NOVELS

推しはα《アルファ》

著者
夜光　花

2020年7月23日　初版発行　検印廃止

発行者　笠倉伸夫
発行所　株式会社　笠倉出版社
〒110-8625　東京都台東区東上野2-8-7　笠倉ビル
［営業］TEL　0120-984-164
FAX 03-4355-1109
［編集］TEL　03-4355-1103
FAX 03-5846-3493
http://www.kasakura.co.jp/
振替口座　00130-9-75686
印刷　株式会社　光邦
装丁　コガモデザイン
ISBN 978-4-7730-6042-3
Printed in Japan